Lenk/Holler · Auf der Fährte der Verräter

TATORT
GESCHICHTE

Fabian Lenk/Renée Holler

Auf der Fährte der Verräter

Loewe

Bibliografische Information Der Deutschen Bibliothek
Die Deutsche Bibliothek verzeichnet diese Publikation in der Deutschen Nationalbibliografie; detaillierte bibliografische Daten sind im Internet über *http://dnb.ddb.de* abrufbar.

Der Umwelt zuliebe ist dieses Buch auf chlorfrei gebleichtem Papier gedruckt.

ISBN 3-7855-5217-3 – 1. Auflage 2004

Als Einzeltitel sind bereits erschienen: *Falsches Spiel in der Arena* und *Der Geheimbund der Skorpione*
Umschlagillustration: Anne Wöstheinrich
Umschlagfoto: Getty Images, Grant Faint
Umschlaggestaltung: Andreas Henze
Herstellung: Heike Piotrowsky
Gesamtherstellung: Clausen & Bosse, Leck
Printed in Germany

www.loewe-verlag.de

Fabian Lenk

Falsches Spiel in der Arena

Illustrationen von Anne Wöstheinrich

Inhalt

Verlierer im heißen Staub 13
Verräterische Antworten 25
Ein Mann wird gejagt 39
Böses Spiel im Theater 50
Das rätselhafte Puzzle 60
Ein unheimlicher Auftritt 70
Eine Villa wird gestürmt 81
Der Überfall der Maskenmänner 90
Das Duell 102

Lösungen 116
Glossar 118
Zeittafel 120
Julius Cäsar und seine Zeit 121
Die Verfassung der römischen Republik 124

Verlierer im heissen Staub

Die Menge schrie, tobte, raste. Hunderttausend Römer, dicht gedrängt im Circus Maximus. Eine gigantische Rennstrecke, 800 Meter lang, 80 Meter breit. Am Start standen vier leichte, zweirädrige Wagen – die Quadrigen, vor die jeweils vier Pferde gespannt waren. Die Flanken der stolzen Rösser bebten. Manche warfen unruhig ihre Köpfe hin und her, tänzelten nervös auf der Stelle. Bunte Perlen blitzten in den Mähnen der Tiere.

Die Wagenlenker trugen Helme. Die Beine waren mit Binden aus Leder geschützt. Schweiß stand in den Gesichtern der Fahrer. Ihre Hände krampften sich um die Stiele der Peitschen. Starr waren ihre Augen auf den Rennleiter gerichtet, der jeden Moment das weiße Tuch werfen musste. Es würde den Beginn eines Wettkampfes bedeuten, der viel Ruhm und Geld, vielleicht aber auch den Tod im Staub der Arena verhieß.

„Gleich geht's los!", rief Julia auf der Tribüne.

„Hoffentlich gewinnt Papa!", antwortete ihr Bruder Quintus. Er winkte dem ganz in Blau gekleideten

Rennfahrer Scorpus zu. Quintus wollte später auch einmal ein großer Rennfahrer werden. Der hoch gewachsene, athletische 14-Jährige übte, wann immer es ihm sein Vater gestattete.

Trompeten erschallten majestätisch. Der Rennleiter Numerius erhob sich von seinem Platz in der Loge. Der Mann in der scharlachroten Tunika warf einen ängstlichen Blick auf Julius Cäsar, der schräg hinter ihm thronte. Ein Baldachin schützte den Herrscher vor der gnadenlosen Sonne.

„Worauf wartest du noch, beim Jupiter?“, fragte Cäsar ungehalten. Seine Finger klopften unruhig auf die Stuhllehne. Er war noch etwas erschöpft vom anstrengenden Feldzug gegen Pompeius, dem er im griechischen Pharsalus die entscheidende Niederlage zugefügt hatte.

„Ich hoffe, der Wettkampf taugt etwas“, grummelte Cäsar. „Sonst bekommst du die Hauptrolle bei den nächsten Spielen, Numerius. Zusammen mit den Löwen!“

Der Rennleiter verbeugte sich voller Demut. Er zog das weiße Tuch hervor und hielt es hoch. Der Jubel im Publikum schwoll an wie ein Orkan.

Julius Cäsar nickte.

Numerius ließ die Mappa in die Arena fallen: Das Rennen begann!

Die Pferde bäumten sich auf und stoben auf die Rennbahn. Im gestreckten Galopp flogen sie an den Massen vorbei, eine Staubfahne hinter sich herziehend. Begeisterte Anfeuerungsrufe schallten durch das Oval. Auch Quintus und Julia hielt es nicht mehr auf ihrer Holzbank. „Scorpus, Scorpus!“, brüllten sie aus Leibeskräften.

Der Vater stand vorgebeugt in seinem Wagen, die Zügel waren mehrfach um seine Brust geschlungen,

die blaue Tunika wehte im Wind. Seine Gegner waren auf gleicher Höhe, kamen ihm immer wieder gefährlich nahe. Peitschen knallten. Die erste Wendemarke, die Meta, nahte. Jetzt wurde es knifflig. Es galt, die Kurve möglichst eng zu nehmen. Das war eine Spezialität von Scorpus, der die Meta meistens nur auf einem Rad umfuhr. Die Fahrer legten sich in die Kurve. Aber was war das? Scorpus' Rennwagen rumpelte um die Wendemarke wie ein plumper Karren. Prompt war er an letzter Stelle!

Julia strich sich durch ihre dichten schwarzen Locken. „Das gibt es doch nicht, beim Mercurius!", meinte die Elfjährige.

„Taktik, reine Taktik!", erwiderte der Bruder. „Papa

rollt das Feld gleich von hinten auf!" Immerhin war Scorpus als Favorit an den Start gegangen. Er war einer der besten und populärsten Rennfahrer Roms. Tausende unter den Zuschauern hatten viele Sesterze auf seinen Sieg gewettet.

Doch sie wurden enttäuscht. Scorpus' Abstand zu seinen Gegnern nahm zu. Schon nach der ersten von insgesamt sieben Runden hatte er einen beträchtlichen Rückstand.

„Er wird aufholen, ganz bestimmt", meinte Quintus schwach.

„Glaub ich nicht. Da ist doch was faul!", vermutete Julia wütend. „So lahm waren Papas Pferde ja noch nie!"

Mollicius lag in Führung. Dieser junge Fahrer galt als großes Talent. Die meisten Experten trauten ihm heute den zweiten Platz zu – hinter Scorpus.

Die dritte Runde, die vierte, die fünfte. Der blaue Rennfahrer war weit abgeschlagen. Lustlos trabten seine Pferde hinter den anderen Wagen her. Das schallende Gelächter der Zuschauer begleitete sie.

Quintus und Julia konnten das Drama nicht mehr mit ansehen. Sie ließen sich auf ihre Sitze fallen.

„Was für eine Blamage", flüsterte Quintus seiner Schwester ins Ohr. Gedankenverloren spielte er mit der goldenen Kapsel, die um seinen Hals hing. Sie war das Zeichen seiner freien Geburt und enthielt Amulette, die gegen den bösen Blick schützen sollten. Eigentlich war die Kapsel sein Glücksbringer. Eigentlich. „Papa war sich so sicher, dass er gewinnt. Und dann erst das große Fest morgen", meinte er düster.

Julia erhob sich wieder. „Aus dem Siegesfest wird wohl wirklich nichts. Jetzt überrunden sie ihn auch noch."

Scorpus wurde von den drei anderen Rennwagen in einer großen Staubwolke verschluckt.

„He, was macht der denn da?", regte sich das Mädchen plötzlich auf und deutete auf Mollicius. Der hatte die Zügel herumgerissen, sein Wagen krachte gegen den von Scorpus. Der blaue Rennfahrer wurde von der Attacke überrascht. Er verlor das Gleichgewicht.

„Nein!“, gellten die Schreie der Geschwister.

Ihr Vater stürzte aus dem Wagen, wurde von den Pferden mitgeschleift. Verzweifelt versuchte er, die Zügel mit einem Messer zu durchtrennen. Blut färbte den Sand der Arena.

Julia und Quintus schlossen die Augen. Ihre Hände suchten und fanden sich. Die Geschwister nahmen die tobende Menge um sie herum nicht mehr wahr.

Schließlich wagte Julia als Erste, wieder hinzusehen. Sie stieß ihren Bruder an: „Den Göttern sei Dank. Es ist noch mal gut gegangen!“ Der Vater stand schwankend am Rand der Rennbahn, wurde von einem Helfer gestützt. Offenbar hatte er doch noch die Zügel zerschneiden können.

Quintus küsste seinen Glücksbringer. „Los, nichts wie hin zu Papa!“

Die Geschwister fanden den Vater in einem kleinen Raum beim Arzt. Scorpus lag auf einer Trage. Sein Körper war mit Schürfwunden übersät. Der Mediziner trug gerade Salben und Verbände auf.

„Tut mir Leid, dass ihr mich so seht. Denn so sehen Verlierer aus“, begrüßte der Vater seine Kinder niedergeschlagen. „Aber es sind nur Kratzer.“

„Na, jetzt untertreibst du aber“, tadelte der Arzt.

„Schon gut“, lenkte Scorpus ein. „Mein linkes Bein macht mir Sorgen. Eine heftige Zerrung, so ein Mist.“ Die Geschwister versuchten, ihren Vater zu trösten.

„Lasst es gut sein“, meinte Scorpus. „Beim nächsten Mal bin ich wieder vorn.“

„Was war denn mit den Pferden los?“, wollte Julia wissen.

„Ich weiß es nicht. Heute Morgen waren sie noch kräftig, richtig wild. Aber dann, unmittelbar vor dem Rennen, wirkten sie träge.“ Mit schmerzverzerrtem

Gesicht erhob sich der Rennfahrer. „Es scheint, als seien sie plötzlich außer Form. Ausgerechnet jetzt, wo doch Kleopatra übermorgen zu den Spielen kommt! Das sollte das Rennen meines Lebens werden ...“ Ganz Rom freute sich auf den Besuch der Königin von Ägypten. Cäsar hatte sich in die stolze Herrscherin vom Nil verliebt und sie eingeladen.

„Wer hat eigentlich gewonnen?“, fragte Scorpus.

„Mollicius“, meinte der Arzt. „Mit einer Länge Vorsprung.“

„Er hat dich abgedrängt, dieser Schuft!“, rief Julia empört.

„Ich habe einen Moment nicht aufgepasst“, besänftigte sie der Vater. „Bei Mollicius muss man mit solchen fiesen Tricks immer rechnen.“

Ein guter Freund der Familie näherte sich. Es war Aulus, der Augur – ein Priester, der aus den Eingeweiden der Tiere las und andere göttliche Zeichen deutete. Aulus, der auch ein guter Schauspieler war, galt außerdem als Experte im Rennsport. Gerne vertraute man seinen Vorhersagen, wie ein Rennen ausging.

„*Ave!*“, grüßte der Augur. „Ein unwürdiges Rennen mit einem ebenso unwürdigen Sieger. Was war los, Scorpus?“

Der Rennfahrer zuckte nur mit den Schultern.

„Seltsam, seltsam“, murmelte der Seher. „Die heiligen Hühner hatten eindeutige Zeichen gegeben. Beim Fressen fiel ihnen Futter aus dem Schnabel. Eigentlich ein Omen, dass die Sache gut für dich stand, Scorpus.“

„Da lachen ja die Hühner“, lästerte Julia leise, deren Spott ebenso treffend wie gefürchtet war. Quintus grinste breit.

Nun gesellte sich auch der Schauspieler Flavius zu ihnen. Flavius hatte von seinem Vater ein Weingut geerbt und war ein reicher Mann. Er deutete eine Verbeugung an: „Was für ein trauriger Anblick. Der Held voller Wunden, geschlagen, entehrt. Fast wie in einer griechischen Tragödie. Ich hoffe, deine Einladung für morgen Abend gilt dennoch?“

„Natürlich. Ich würde mich freuen, wenn du kommst. Das gilt selbstverständlich auch für dich, Aulus“, sagte Scorpus nicht sehr überzeugend.

„Gut. Dann wird in dein Haus auch der Glanz eines Gewinners einkehren. Denn ich habe auf Mollicius gewettet!“ Mit einer großen Geste deutete Flavius auf einen prall gefüllten Beutel. „Tja, manche sind eben die Lieblinge der Götter.“

Julia verdrehte die Augen. Was für ein aufgeblasener Affe! Sie konnte Flavius nicht leiden, weil er zu keinem Becher Wein Nein sagen konnte. Daher hatte sie ihm den Spitznamen „Amphore“ verliehen.

Flavius schritt lächelnd davon, mischte sich unter die Zuschauer, die den Circus Maximus verließen. Als der Schauspieler in der Menge verschwand, sah Julia, wie er ein Stück Pergament verlor. Das Mädchen hastete hin, hob es auf und wollte es ihm geben. Aber der Schauspieler war zwischen zwei Ständen mit Süßwaren verschwunden. Julia warf einen Blick auf den Zettel. Ihre Stirn legte sich in Falten – was sollte denn das heißen? Das Mädchen winkte Quintus herbei, zeigte ihm den merkwürdigen Fund.

„Suicillom“, las er laut vor. „Das gibt keinen Sinn.“

„Muss es aber“, entgegnete die Schwester. „Vielleicht ist es eine Geheimschrift!“

„Du spinnst!“

Julia konzentrierte sich auf die Buchstaben.

„Du hast zu viel Fantasie“, stichelte ihr Bruder.

Doch Julia ließ sich nicht provozieren. „Fantasie kann man gar nicht genug haben, du Schaf“, meinte sie trocken. Plötzlich schlug sie sich an die Stirn. „Ich hab's! Bei dem Rennen war wirklich etwas faul. Der blöde Flavius hat einen Tipp bekommen!“

Welchen Tipp meint Julia?

Verräterische Antworten

„He, das war richtig gut“, lobte Quintus seine Schwester. „Du glaubst also, dass Flavius schon vor dem Rennen wusste, dass Mollicius gewinnen würde?“

„Sieht so aus. Warum sollte ihm sonst jemand eine verschlüsselte Botschaft zukommen lassen? Es gab also zwei Gewinner bei diesem bösen Spiel: einmal Mollicius, der sich die Siegprämie sicherte – und Flavius, der auf den richtigen Rennfahrer setzte. Wir müssen Papa informieren!“

Scorpus hörte seinen Kindern ruhig zu. „Klingt logisch“, meinte er schließlich. „Aber wie sollen wir beweisen, dass Flavius es war, der das Pergament verlor? Er wird es abstreiten. Und dann stände Julias Aussage gegen seine. Aber wir müssen der Sache nachgehen.“ Scorpus schüttelte den Kopf. „Schade, dass ich euch bei den Nachforschungen nicht richtig helfen kann – mein Bein! Der Arzt meint, dass ich vorerst an einer Krücke gehen muss. Und jetzt sollten wir nach Hause. Eure Mutter wartet schon.“ Bei dem Gedanken an seine ebenso hinreißende wie resolute

Frau Tulliola wurde ihm mulmig. Sie rechnete mit einem strahlenden Sieger ...

„Gut“, meinte Julia. „Aber wir müssen noch einmal in den Stall. Du hast gesagt, dass deine Pferde bis kurz vor dem Rennen fit waren. Also ist vermutlich im Stall etwas passiert. Ist dir denn nichts aufgefallen?“

„Nein“, entgegnete der Vater. „Aber unserem Sklaven Archagathos. Er hat mir bei den Vorbereitungen geholfen. Ich unterhielt mich gerade mit einem anderen Fahrer in dessen Box. Archagathos war auch einige Minuten weg. Als er zurückkam, sah er einen Unbekannten aus unserer Box laufen. Das hat er mir sofort berichtet. Dass ich daran nicht gleich gedacht habe!“

„Wie sah der Kerl aus?“

„Archagathos weiß es nicht. Der Unbekannte drehte ihm den Rücken zu.“

„Womöglich hat er unsere Tiere vergiftet! Wir müssen noch einmal hingehen. Vielleicht hat ein anderer das Gesicht des Mannes erkannt!“, rief Julia.

Scorpus winkte ab: „Vergiftet? Du übertreibst. Den Tieren geht es gut, sie sind lediglich ein wenig schlapp. Es war nur eine Niederlage, Julia. Eine bittere, sicherlich, aber das Leben geht weiter. Ich muss zusehen, dass ich wieder gesund bin, wenn Kleopatra zuschaut."

Julia gab nicht auf: „Wir müssen gleich noch einmal in den Stall!"

„Von mir aus", seufzte der Rennfahrer. „Ich werde einen Sklaven abstellen, der euch begleitet."

„Bitte nicht! Wir sind doch keine Kleinkinder", beschwerte sich Quintus. „Ich kann auch auf Julia Acht geben."

Scorpus musterte seinen Sohn, der nur noch wenig kleiner war als er selbst. „Gut, ausnahmsweise."

„Klasse!", freute sich Quintus. „Und morgen können wir Flavius auf den Zahn fühlen. Am besten zusammen mit dir, Papa! Dann haben wir einen Zeugen!"

Tulliola trug eine elegante, weinrote Tunika, darüber die Stola, die mit einem Purpurstreifen verziert war. Ein Mittelscheitel teilte die Haare, die zu beiden Seiten des Gesichts herabfielen und es mit weichen Löckchen einrahmten: Das war die derzeit aktuelle Frisurenmode. Die Augen der schönen Patrizierin blitzten, als sie ihren Mann in ihrer Domus, dem großen, teuer möblierten Haus, erblickte: „Wie siehst du denn aus?"

„Oh, mein Haselmäuschen, lass dir erklären", säuselte Scorpus. „Die Pferde ..."

„Was gibt es da zu erklären?", unterbrach seine Frau. „Ich sehe einen Mann voller Staub und Blut mit einer Krücke. Das reicht mir. Ich habe dich schon tausendmal vor diesem verrückten Sport gewarnt. Du forderst die Götter heraus, du spielst mit deinem Leben, Scorpus Julius Maximus!"

Immer, wenn sie ihn bei seinem vollen Namen nannte, wurde es gefährlich, wusste der Rennfahrer.

„Und es geht nicht nur um dich", fuhr Tulliola fort. Eis lag in ihrer Stimme, Wut in ihren Augen. „Es geht auch um die Kinder und mich. Wenn du nicht mehr bist, was soll dann aus uns werden?"

„Das wird nie so sein, ich werde wieder triumphieren. Und jetzt gehe ich mich waschen. Dann sieht alles schon ganz anders aus, mein Haselmäuschen."

„NENN MICH NICHT HASELMÄUSCHEN, BEIM JUPITER!"

„Mach ich nicht mehr, versprochen", sagte der Rennfahrer schnell. Er schob sich an Tulliola vorbei, humpelte Richtung Lavatrina, dem Bad. Keine Frage, der Haussegen hing mächtig schief. Doch für Scorpus gab es nur eins – er würde sich gleich wieder verkrümeln, obwohl er noch große Schmerzen hatte.

Er wollte in seinen Stall humpeln und nach den Pferden sehen. Vielleicht hatten sie sich ja in der Obhut der Sklaven wieder erholt.

Der Trainingsplatz von Scorpus lag im sanften Licht des nahenden Abends. Scorpus und Julia standen am Gatter und beobachteten einen kräftigen Jüngling, der sich mit Vaters Rennwagen abkämpfte. Quintus drehte ein paar Runden und platzte fast vor Glück und Stolz.

„Du musst die Zügel straffer halten!“, brüllte Scorpus. „Wer lenkt den Wagen: du oder die Pferde? Zeig ihnen, wer der Herr im Haus ist, beim Janus!“

Quintus machte seine Sache gut. Doch wieder einmal musste er erfahren, welches Geschick es erforderte, die vier Tiere nicht nur zu bändigen, sondern ihre enorme Kraft auch zu bündeln und zu koordinieren.

„Der Junge hat unheimlich viel Talent“, urteilte Scorpus. Ganz der Papa, fügte er im Geiste hinzu.

„Lass ihn das bloß nicht hören, sonst hebt er ab“, bat Julia.

„Wenn er nicht besser aufpasst, hebt er gleich ganz anders ab“, ahnte der Vater. Der Wagen rutschte in einer Kurve fast in die Absperrung.

Doch Quintus bekam das Gespann immer besser in den Griff. Erst als die Muskeln seiner Beine und Arme brannten wie Feuer, brach er das Training ab. Außer Atem stieß Quintus zu den beiden. „Puh!“, stöhnte er. „Die Pferde sind wieder ganz die Alten.“ Er strich dem schwarzen Hengst Tami, dem klügsten der vier Pferde, über den Widerrist. Der Rappe richtete die Ohren nach vorn, blähte die Nüstern und begann, seinen Freund liebevoll zu beschnuppern.

Julia fütterte die Tiere mit Äpfeln und Karotten. „Schön, dass es euch wieder gut geht“, flüsterte sie ihnen zu. Und zu Quintus sagte sie laut: „Lass uns zum Circus gehen und uns umhören. Jemand muss unsere Pferde kurz vor dem Rennen irgendwie betäubt haben.“

„Geht nur“, sagte Scorpus müde. „Viel Glück! Ich gehe nach Hause. Mir tut einfach alles weh. Hoffentlich ist Tulliolas Wut verraucht.“

Vor den Ställen des Circus Maximus stand ein großer, breitschultriger Mann. Der Hüne fegte Strohreste zusammen.

„Der scheint hier zu arbeiten, den fragen wir“, schlug Julia vor und trat an den Mann heran. *„Ave!“*, begrüßte sie ihn freundlich. „Warst du vor dem Rennen, das Mollicius gewonnen hat, auch hier in den *Carceres*?“

Der Riese sah sie nachdenklich an. Sein Blick war trüb, fast milchig. „Ich bin immer hier in den Ställen. Ich muss fegen. Warum willst du das wissen?“

Das Mädchen lächelte: „Wir suchen nach einem Mann, der eigentlich nicht hier hingehört. Dieser Mann vergiftet Pferde.“

Der Riese verzog keine Miene: „Mir ist nichts Besonderes aufgefallen.“

„Es war also alles ganz normal?“, forschte Quintus nach.

Der Mann begann wieder mit seiner Arbeit: „Das nun auch wieder nicht. Es war unruhiger als sonst. Und es waren mehr Stallburschen da, neue Leute. Wie der kleine Dicke da hinten. Er heißt Gnaeus. Ein fürchterlicher Tollpatsch. Dem fällt ständig was runter.“

Die Geschwister sahen sich an. Dann meinte das Mädchen: „Sag mal, ein Kerl wie du, groß wie ein Baum, stark wie ein Ochse – was macht der eigentlich mit einem Besen in der Hand?“

„Diese Hände führten früher Zügel, mein Kind", sagte der Hüne bedächtig. „Die Zügel eines Rennwagens."

„Was ist passiert, warum fährst du nicht mehr?"

Der Mann stützte sich auf den Besen, der sich beachtlich durchbog: „Bei jedem Rennen gibt es Verlierer. So wie mich. Ich habe aber nicht nur ein Rennen verloren, sondern auch meine Sehkraft. Ich erkenne nur noch Schatten."

„Wie ist das passiert?"

„Bei einem Unfall, sagen die meisten. Durch den absichtlichen Rammstoß eines anderen Fahrers, sage ich. Ich stürzte auf den Kopf, war tagelang ohne Bewusstsein. Als ich erwachte, sah ich nur noch Schatten."

„Der andere Fahrer, war das Mollicius?“, fragte Julia.

„Aber nein“, erwiderte der Riese. „Das war Scorpus.“ Seine Hände schlossen sich um den Besenstiel, dass es knackte. „Dafür hasse ich ihn bis ans Ende seiner Tage.“

Die Geschwister schreckten zurück. Als sie außer Hörweite waren, sagte Quintus: „Papa würde so etwas nie tun.“

„Natürlich nicht. Der Kerl mit dem Besen ist nur verbittert. Ich kann ihn ein bisschen verstehen“, entgegnete die Schwester. „Schau mal, da vorn ist dieser Gnaeus. Der sieht schon viel freundlicher aus.“

Der Dicke schob pfeifend eine Fuhre mit Heu vor sich her. Nur zu gern unterbrach er seine Arbeit, um sich mit den Geschwistern zu unterhalten. „Ja, das war ein verrücktes Rennen, beim Jupiter!“, erinnerte er sich. „Das ging vorher schon los. Mollicius rieb die Nüstern seiner Tiere mit einer Spezialtinktur ein. Soll Wunder wirken, sagt er. Aber die Rennfahrer haben oft ziemlich kuriose Ideen. Was ich da schon alles gehört habe! Einer soll seinen Pferden vor dem Start Witze erzählen. Die Tiere finden das bestimmt zum Wiehern, haha!“

Julia und Quintus lächelten gequält.

„Ist doch klar: Wenn so viele Sesterze auf dem Spiel stehen, greift man zu seltsamen Tricks." Der Dicke nahm seine Fuhre wieder hoch. „Schade nur, dass die Stallburschen so wenig vom großen Geld abbekommen. Die Rennfahrer stopfen sich die Taschen voll. Wie dieser Scorpus. Der verdient Unmengen an Sesterzen, wisst ihr? Aber wir kleinen Helfer: Pustekuchen! Dabei könnten die den Circus Maximus ohne uns doch dichtmachen." Er wollte weitergehen.

„Einen Moment noch", bat das Mädchen. „Ist dir heute Morgen jemand aufgefallen, den du zuvor noch nie gesehen hast? Oder der sich merkwürdig benahm? Die Pferde von Scorpus sollen betäubt worden sein."

Wieder lachte Gnaeus: „Die Rennfahrer achten doch mehr auf ihre Viecher als auf ihre Kinder! Daher glaube ich nicht, dass man den Pferden etwas ins Wasser schütten könnte. Aber fragt doch mal die Sklavin da drüben. Tabea muss auch hier arbeiten. Doch Vorsicht: Mit der ist nicht zu spaßen." Der Stallbursche machte sich auf den Weg.

Die Geschwister winkten ihm hinterher und wandten sich dann Tabea zu, die zwei volle Wassereimer schleppte. Sie war eine mürrische, alte Frau mit harten Gesichtszügen. Tabea machte den Geschwistern schnell klar, dass sie vom Rennsport überhaupt nichts hielt: „Mir tun die Pferde Leid. Wenn ich sehe, wie diese Barbaren auf die Tiere einschlagen, packt mich immer eine fürchterliche Wut. Ich verabscheue diese Quälerei. Es wird Zeit, dass damit Schluss ist!"

Quintus erneuerte die Frage nach Scorpus und seinen müden Pferden.

Tabea stützte die Hände in die Hüften: „Betäubt? Höchstens von den vielen Peitschenhieben! Und dafür gibt es auch noch Beifall von den Rängen! Das Publikum verehrt die Rennfahrer fast wie Götter, das ist ja lächerlich!" Sie ließ die Eimer zu Boden krachen. „Am schlimmsten ist dieser Scorpus, den mag der Pöbel am liebsten. Fein, dass der jetzt mal so richtig auf die Nase gefallen ist! Rennfahrer sollte man alle den Löwen zum Fraß vorwerfen! Und jetzt verschwindet, ich habe zu tun."

Nachdenklich suchten sich Julia und Quintus ein schattiges Plätzchen.

„Hm, so richtig weitergebracht hat uns das nicht", urteilte das Mädchen. „Aber dafür wissen wir jetzt, dass Rennfahrer nicht überall beliebt sind. Ich habe übrigens Hunger."

„Ich auch. Schau, da drüben ist ein *Thermopolium*." Quintus deutete auf eine Garküche, die es in Rom fast an jeder Straßenecke gab. Dort holten sie sich Brot und ein paar Gerres, in Salzlake konservierte Fische, die nicht viel kosteten.

Quintus stopfte sich den Mund voll. Während er kaute, arbeitete sein Hirn auf Hochtouren. Plötzlich lächelte er. „Von wegen, es hat nichts gebracht. Es gab doch einen entscheidenden Hinweis. Wir sollten uns mit einem der drei nochmal unterhalten. Und zwar schnell!"

? *Mit wem möchte Quintus noch einmal sprechen?*

Ein Mann wird gejagt

„Dieser Gnaeus! Er hat es uns eigentlich so einfach gemacht! Er hat gewusst, dass Vaters Pferde etwas ins Wasser bekommen haben. Und wir sitzen hier rum und essen Fische. Los, den schnappen wir uns!“, schimpfte Julia.

„Sollen wir nicht lieber Papa holen?“, wandte Quintus vorsichtig ein.

„Ach was. Papa wäre mit seinem verletzten Bein keine Unterstützung. Außerdem dauert das zu lange. Du machst das schon, großer Rennfahrer!“, meinte Julia gelassen. Sie gab ihm einen aufmunternden Stoß in den Rücken. „Los geht's!“

„Alea iacta est!“, murmelte Quintus entschlossen. Der Würfel ist gefallen.

Die Geschwister rannten zum Circus zurück. Das Mädchen erblickte den fröhlichen Mann, der so gerne pfiff und Pferde vergiftete, als Erste. Gnaeus lehnte seelenruhig an einer Säule und schäkerte mit einer jungen Frau.

„Da bist du ja, du mieser Betrüger!“, brüllte Julia. „Du hast dich verraten – nicht besonders geschickt, wenn ich das mal bemerken darf!“, meckerte ihr Bruder. Die Reaktion des Stallburschen gab ihm Recht. Gnaeus rannte sofort weg.

„Das haben wir nun davon. Ich wollte ihn überraschen!“, ärgerte sich Quintus.

„Toller Plan. Vor allem, wenn du ihn mir vorher gesagt hättest“, erwiderte die Schwester zornig.

„Halt die Klappe und lauf!“, rief Quintus.

Gnaeus sprintete mit einem Tempo, das man dem kleinen Dicken gar nicht zugetraut hätte, an der Längsseite des Circus entlang. Er hielt sich in Richtung des Flusses Tiber. Für den schönen Diana-Tempel, der sich links von ihm erhob, hatte er keinen Blick übrig. Die Geschwister blieben ihm auf den Fersen, konnten ihn aber nicht einholen.

Der Stallbursche flitzte über die Sublicius-Brücke. Dort herrschte das um diese Zeit übliche dichte Gedränge. Denn jetzt, bei Einbruch der Dämmerung, war das Verbot für Fahrzeuge aller Art wieder aufgehoben. Voll beladene Bauernkarren, gezogen von Ochsen, verstopften die Straße. Die sonst so schnellen Meldefahrer und berittenen Kuriere steckten ebenso im Stau wie die von starken Männern getragenen Sänften der Reichen. Auch ein gewaltiger Weintank auf einem vierrädrigen Wagen konnte we-

der vor noch zurück. Allgemeines Fluchen erhob sich, Peitschen knallten.

Geschickt schob sich Gnaeus durch das Chaos. Die Geschwister hatten Mühe, den Fliehenden nicht aus den Augen zu verlieren. Am Ende der Brücke hielt sich der Stallbursche rechts. Er sah sich gehetzt um. Als er die heranstürmenden Geschwister erblickte, machte er kehrt und überquerte den Tiber zum zweiten Mal, diesmal jedoch über die Aemilius-Brücke. Zügig erreichte er den Tempel des Portunus, ließ diesen rechts liegen, wandte sich gen Nordosten und gelangte zur Vicus Iugarius. Auf dieser Straße standen die mehrstöckigen Mietshäuser dicht an dicht. Unten lagen die Läden der Bäcker, Obstverkäufer und Fleischer, die Werkstätten der Schmiede und Glasbläser, die Geschäfte der Friseure und die Büros der Schrift- und Rechtsgelehrten. Fliegende Händler waren allerorten, überboten sich mit ihrem Geschrei. Es roch nach Gewürzen, Gebratenem, Wein und Pferdemist. Hammerschläge hallten, Gelächter drang aus den Cauponae, den Wirtshäusern.

Gnaeus wuselte durch die Menge, immer wieder ängstliche Blicke hinter sich werfend. Denn die Geschwister ließen sich nicht abschütteln. Vor ihnen tauchte das gewaltige Forum Romanum auf. Der

Stallbursche flitzte über den großen Platz mit seinen Statuen, die Götter und berühmte Römer zeigten. Er tauchte in einer Basilika unter, einer großen mehrschiffigen Halle, in der Märkte abgehalten wurden und Gerichtsverhandlungen stattfanden. Er versuchte sich hinter einem Gemüsestand zu verstecken – alles umsonst, die Geschwister blieben an ihm dran. Erschöpft und schweißüberströmt verließ Gnaeus das Forum und erreichte wieder die Vicus-Iugarius-Straße.

Am Tempel der Iuno Moneta passierte es dann doch: Quintus und Julia verloren den Flüchtenden aus den Augen.

„Das darf doch nicht wahr sein, beim Jupiter!“, schimpfte Quintus atemlos.

Julia erklomm die Stufen des Tempels und blinzelte gegen die untergehende Sonne. „Da, da ist er!“, rief sie plötzlich. „Vor dem Laden mit den Fischsoßen!“

Die Geschwister nahmen die Verfolgung wieder auf. Gnaeus stieß einen lauten Fluch aus. Wohin jetzt? Da hatte er eine Idee. Blitzschnell floh er in den Betrieb, in dem die berühmte Liquamen-Fischsoße hergestellt wurde. Hier konnte er die Jäger vielleicht endlich abschütteln!

Aber Quintus hatte aufgepasst: „Hinterher, los!“ Er und seine Schwester drangen nun ebenfalls in die Fabrik ein.

„He, da dürft ihr nicht so einfach rein!“, rief ihnen jemand nach.

Doch die beiden achteten nicht auf ihn. Halbdunkel empfing sie – und ein ganz spezieller Geruch.

„Beim Mercurius, das stinkt ja entsetzlich!“, fand Julia.

Der Boden war leicht glitschig. Große Bottiche standen in Reih und Glied. In die Gefäße warf ein Arbeiter gerade Kiemen und Eingeweide von Fischen. Ein anderer schüttete jede Menge Salz dazu. Ein dritter rührte Fischblut, Wein, Essig und Gewürze in das Gebräu, das als Delikatesse galt.

„Sagt mal, habt ihr einen kleinen dicken Mann gesehen, der hier nicht hingehört?“, fragte Quintus die Arbeiter.

„Nicht hierher gehört – so wie ihr?“, gab einer der Männer drohend zurück.

Rasch liefen die Geschwister weiter. „Wenn ich hier schuften müsste, wäre ich auch so gut gelaunt“, meinte das Mädchen. Sie gelangten zu einem Hof. Dort stellten die Arbeiter die Bottiche tagsüber in die pralle Sonne, damit die Fischsoße gären konnte.

Das Mädchen hielt sich die Nase zu: „Das wird ja immer schlimmer."

„Vorsicht!", schrie Quintus in diesem Moment. Er gab Julia einen Stoß. Das Mädchen stürzte zur Seite. Dort, wo es gerade noch gestanden hatte, zerplatzte ein schwerer Tonkrug. Zähes Liquamen machte sich breit und ließ die Luft noch dünner werden. Die Geschwister hörten ein böses Lachen. Es kam von einer Empore über ihnen. Gnaeus stand dort und griff schon nach dem nächsten Geschoss aus einem Regal.

„Was macht ihr da, seid ihr von Sinnen, beim Mars?“, kreischte da eine Stimme. Sie gehörte zum Fabrikbesitzer, der mit wehender Tunika heranstürmte. „Ich lass euch verhaften! Fasst sie“, befahl er seinen Männern.

Quintus und Julia sprangen über den stinkenden Fischsoßen-See und rannten los. Ihre wütenden Verfolger hätten sie vielleicht eingeholt, wenn da nicht die Spezialität des Hauses gewesen wäre – das gut durchgeseihte Liquamen. Die Mitarbeiter rutschten in der fischigen Brühe aus und schlugen der Länge nach hinein. Mit wütendem Gebrüll rappelten sie sich auf und setzten den Eindringlingen nach.

Die Geschwister, gerade noch Jäger, waren plötz-

lich selbst Gehetzte. Sie durchmaßen ein Wirrwarr von schlecht beleuchteten Gängen, rammten zwei Träger, die gemeinsam eine gut siebzig Kilo schwere Amphore auf einen Karren wuchten wollten. Die Männer verloren das Gleichgewicht, begannen eine Art unfreiwilligen Tanz, kämpften vergeblich um Balance, gaben es auf, ließen die Last los – ein höllischer Knall, die Amphore explodierte regelrecht auf dem Steinboden. Das Geschrei nahm noch zu, ebenso wie der Gestank.

Unbeirrt sausten die Geschwister weiter, fanden einen Ausgang, drückten sich hindurch, standen auf der Straße. Links von ihnen erkannten sie wieder den Tempel der Iuno Moneta – und nur wenige Meter

entfernt davon rannte Gnaeus, der offenbar denselben Fluchtweg genutzt hatte! Quintus und Julia nahmen die Beine in die Hand. Die Verwünschungen der Fischsoßen-Arbeiter klangen ihnen nach.

Der Stallbursche floh in westliche Richtung. Etwa einen halben Kilometer lief Gnaeus geradeaus. Inzwischen war es fast dunkel. Die Geschwister blieben ihm dicht auf den Fersen, auch wenn ihre Lungen schmerzten. Je weiter sie sich vom Stadtzentrum entfernten, umso einfacher wurden die Häuser, umso schlechter die Straßen.

„Wo will der Kerl nur hin? Ich kann nicht mehr!“, jammerte Julia.

Gnaeus verschwand in einer Säulenhalle, versteckte sich hinter einem Karren.

„Stopp, wir ändern unsere Taktik“, schlug Quintus vor. „Wir lassen Gnaeus in dem Glauben, dass wir seine Spur verloren haben. Und dann holen wir ihn uns. Lauf einfach an der Säule vorbei!“

Die Schwester gehorchte. Ein paar Meter weiter zog Quintus sie in eine Gasse. Sie lugten um die Ecke, sahen, wie Gnaeus pfeifend in dem Gebäude, das sich der Säulenhalle anschloss, verschwand.

„So, und dort werden wir ihn überraschen!“, freute sich Julia.

Wo hat sich Gnaeus versteckt?

Böses Spiel im Theater

„Ah, der Dicke scheint unter die Schauspieler gegangen zu sein“, meinte das Mädchen an den Stufen zum Theater des Pompeius.

„Oder er versteckt sich hier nur“, warf der Bruder ein.

„Dann lass uns nachschauen“, schlug Julia vor und betrat den massigen Bau, der in der Form eines D angelegt war. Der Bauch des D bestand aus den Zuschauerrängen, der Cavea. Sie stieg halbkreisförmig an. Davor lag ebenerdig die Orchestra, wo in griechischen Stücken der Chor sang und tanzte. Bei der Aufführung römischer Stücke blieb dieser Bereich den vermögenden Zuschauern vorbehalten, die dort nur wenige Meter von den Schauspielern entfernt waren. Den rückwärtigen Abschluss der Bühne bildete das aus Stein gebaute Bühnenhaus, das neben drei Zugängen die verschiedensten Kulissen, Vorhänge, Säulen, Nischen, Statuen und Dekorationen beherbergte.

Quintus und Julia schlichen vorsichtig in die Cavea. Menschenleer lag das gewaltige Theater vor ihnen. Wo steckte der feiste Gnaeus? Die Geschwister huschten nach vorn zum Bühnenhaus, fanden hinter einer Säule Deckung. Sie suchten ihre Umgebung mit den Augen ab. Das war mehr als schwierig bei diesen Lichtverhältnissen. Niemand zu sehen. Doch da! Von oben, von den Rängen polterte etwas herab. Nur ein Stein, stellten die Geschwister fest. Aber wer hatte ihn losgetreten? Quintus ballte die Fäuste. Wenn es Gnaeus war, dann würde er ihn jetzt zur Strecke bringen.

Plötzlich wurde eine Stimme laut, unheimlich hallend im weiten Halbrund. Die Geschwister fuhren herum. Fast unmittelbar vor ihnen stand ein Mann. Er trug eine weiße Perücke, die ihn als alten Mann ausweisen sollte. Sein Gesicht war unter einer Maske versteckt, die ein einfältiges, trauriges Gesicht zeigte. Der Schauspieler begann mit tiefer Stimme zu singen. Er ging auf und ab und zündete Fackeln an, die das Theater in ein gespenstisches Licht tauchten.

Die Geschwister zogen sich rasch zurück, bis sie hinter einem der Vorhänge verschwinden konnten.

„Seltsame Uhrzeit für eine Probe“, flüsterte Julia.

„Stimmt. Aber auch für kleine Mädchen. Du solltest längst zu Hause sein“, erwiderte ihr Bruder. „Wir werden Ärger kriegen.“

„Wenn überhaupt, dann bekomme ich Ärger. Also ist es nicht dein Problem“, gab das Mädchen kühn zurück.

„Du machst es dir zu einfach, ich bin für dich ...“

„Halt die Klappe, da ist noch einer!“, wisperte Julia aufgeregt.

Ein zweiter Mann mit einer Maske, die eine lachende Fratze zeigte, hatte die Bühne betreten. Er tanzte um den Alten herum, deutete mit den Fingern auf ihn, verspottete ihn. Seine Stimme war unnatürlich hoch, klang verzerrt. Immer wieder kicherte er böse.

Nun folgten weitere Schauspieler mit Masken: ein Buckliger, ein Dicker, ein Angeber, ein Verführer und schließlich ein Hagerer mit roter Perücke, der einen Sklaven darstellen sollte. Die Männer spielten verschiedene Sketche. Ab und zu brachen sie die Vorstellung ab, um sich zu beraten und an den Szenen zu feilen. Dann wechselten sie das Programm.

„Ich habe mir ein paar Verse über Cäsar und Kleopatra ausgedacht“, rief der Bucklige stolz und legte los. Was folgte, war ätzende Satire. Der Darsteller verspottete die Herrscher von Rom und Ägypten und machte sich auch noch über ihre Liebe lustig.

„Stopp! Das können wir nicht bringen. Dafür landen wir bei den Löwen!“, rief der Dicke außer sich.

„Von dem würden mindestens zwei Löwen satt. Was für ein Bauch. Das ist bestimmt Gnaeus“, vermutete Julia.

„Zu dumm, dass wir jetzt nicht an ihn rankommen.“ Quintus war noch immer wütend.

„Lass uns bis zum Ende warten. Vielleicht haben wir dann eine Chance“, meinte Julia.

„Wir?“

„Unterschätz mich bloß nicht“, zischte Julia.

Die sieben Männer auf der Bühne kehrten wieder zu ihren harmlosen Sketchen zurück.

„Wir brauchen ein Seil, um den Sklaven zu fesseln", ließ sich der Angeber vernehmen.

„Warte, ich hole eins", entgegnete der Bucklige. Rasch lief er ausgerechnet zu dem Vorhang, hinter dem die Geschwister kauerten, und riss ihn zur Seite.

„Wen haben wir denn da?", stieß der Schauspieler verdutzt hervor.

„Wir gehören zur Dekoration!“, meinte Quintus trocken und schubste den Buckligen zur Seite. Er nahm seine Schwester bei der Hand und rannte los.

„Haltet sie auf!“, gellte die Stimme des Dicken. „Das sind bestimmt Spitzel von Cäsar. Wenn sie uns verpfeifen, bilden wir den Appetithappen für die Löwen. Verschließt die Ausgänge!“

Der Angeber warf Quintus einen Schemel zwischen die Beine, der Junge geriet auf der Orchestra ins Straucheln, stürzte, verlor Zeit. Inzwischen hatten sich die Schauspieler verteilt und die Ausgänge besetzt: Quintus und Julia waren im Theater gefangen!

„Und jetzt beginnen wir mit einer besonderen Aufführung. Löscht die Fackeln!“ Die Idee kam vom Dicken. Dunkelheit senkte sich über den Steinbau. Kein Mucks war mehr zu hören. Eine seltsame Stille, eine trügerische Ruhe lag über der Spielstätte.

Was haben die vor?, fragte sich Quintus. Er legte einen Arm um seine Schwester, weil er spürte, dass sie zitterte. Quintus führte sie zur Mauer, die das Halbrund umschloss. Die Geschwister tasteten sich dort entlang, suchten eine Lücke, durch die sie schlüpfen konnten. Oft verfügten die Theater über viele, zum Teil versteckte Einlässe.

Plötzlich hörten sie ein Hüsteln hinter sich. Die Geschwister fuhren herum. Eine Fratze im schwachen Mondlicht, ein irres Lachen. Das Blut der beiden gefror. Sie wollten fliehen und liefen los – genau in die Arme des Buckligen, der sie zurückwarf. Jetzt waren auch der Dicke und der Sklave da. Sie trieben Julia und Quintus zur Orchestra. Hier versammelten sich alle Darsteller und begannen, die Geschwister zu verhören.

„Es war reine Neugier, bitte glaubt uns!", flehte das Mädchen. „Wir sind Cäsar noch nie persönlich begegnet."

„Wir haben eure Stimmen gehört und uns hereingeschlichen. Wir lieben das Theater", ergänzte der Bruder.

Als Antwort begannen die Darsteller mit einem Stück, das auf keinem Spielplan stand. Sie kreisten Quintus und Julia ein, sie schubsten sie herum, lachten hämisch, stellten ihnen immer wieder dieselben Fragen.

Mehrfach versuchten die Geschwister, den Ring zu durchbrechen. Aber jedes Mal wurden sie festgehalten. Da packte Quintus eine Wut, die stärker war als die Angst. Er schnappte sich den Nächstbesten, es war zufällig der Angeber, und rammte ihm die Faust ins Gesicht. Quintus traf die Maske und brüllte auf. Aber immerhin zeigte der Schlag auch beim Gegner Wirkung – er taumelte zurück.

„Nicht schlecht, Bruderherz!“ Julia schöpfte neuen Mut. Das Mädchen griff den Schemel, über den ihr Bruder vorhin gestolpert war, und hob ihn über den Kopf. „Der Nächste, der mich anfasst, bekommt ihn über den Schädel. Und ich schwöre euch, beim Mars, dass ich damit jede Maske spalte!“

„Hört, hört“, spottete der Dicke. „Wir sollten dem Spiel ein Ende bereiten und sie töten!“

„Bist du verrückt?“, rief der Bucklige entgeistert. „Das sind doch keine Sklaven, das sind Patrizier, siehst du das denn nicht? Wir bekämen nur Ärger.“ Er zog einen Dolch und hielt ihn an den Hals von Quintus. „Wir brauchen euch nicht zu töten, nicht wahr? Ihr werdet kein Sterbenswörtchen über meine Verse verlauten lassen. Sonst werden wir uns nämlich wiedersehen – und eine Tragödie nähme ihren Lauf, verlasst euch drauf! Haben wir uns verstanden?“

Die Geschwister nickten schnell.

„Gut. Und jetzt lasst sie uns rausschmeißen. Die Probe können wir ein anderes Mal fortsetzen“, schlug der Bucklige vor.

Der Dicke begehrte zwar noch einmal auf, wurde aber überstimmt. Die Schauspieler jagten die Geschwister zum Ausgang und stießen sie auf die Straße.

Quintus und Julia tauchten in einer Gasse unter.

„Was meinst du, sollen wir sie weiter beschatten? Oder bist du zu müde?", fragte Quintus seine Schwester.

Julia schüttelte den Kopf: „Wir machen natürlich weiter!" Sie spähte zurück.

Die sieben Männer hatten die Masken und Perücken abgelegt, standen vor dem Portal und unterhielten sich. Sie drehten den Geschwistern den Rücken zu. Es war nicht zu erkennen, wer von ihnen Gnaeus war. Nach ein paar Minuten machten sich drei der Darsteller auf den Weg, gingen nach rechts Richtung Tiber. Auch die anderen vier brachen auf, hielten sich jedoch links. Sie marschierten geradewegs auf ein Gasthaus zu, dessen Eingang von zwei Fackeln beleuchtet wurde.

„Und was jetzt?“, seufzte Julia. „Welcher Gruppe sollen wir folgen?“

Ihr Bruder feixte: „Hast du keine Augen im Kopf?“

In welcher Gruppe ist Gnaeus?

Das rätselhafte Puzzle

„Der dicke Bauch wäre mir entgangen“, gab Julia zu.

„Dafür hast du ja deinen großen Bruder, dass dir nichts entgeht“, ärgerte Quintus sie.

„Blas dich nicht so auf!“, rief Julia. „Und jetzt los, ins Gasthaus.“

„Kommt nicht infrage! So ein Küken wie du kann da unmöglich rein“, entschied der Bruder.

Julia verdrehte die Augen: „Ach nein, aber es soll Fenster geben, durch die man hineinschauen kann. Wollen wir den Kerl nun weiter beschatten oder nicht?“

„Ist ja schon gut. Aber lass mich das machen.“

Die Geschwister liefen zur Caupona. Quintus blickte durch ein Fenster. Seine Schwester, auf Zehenspitzen, tat es ihm nach.

Rauch waberte durch die einfache Spelunke. Männer mit roten Gesichtern drängten sich an den Tischen. Es wurde gelacht und gegrölt, gescherzt und gestritten, geschlemmt und getrunken. Gnaeus saß mit seinen Freunden etwas abseits und ließ sich gerade bedienen. Der Dicke schien bester Laune. Er begann zu tafeln und zu trinken.

Nach einer halben Stunde fielen Julia und Quintus vor Müdigkeit fast die Augen zu. Außerdem fing es an zu tröpfeln.

„Auch das noch“, stöhnte Quintus. „Ich glaube, wir brechen die Aktion ab. Ich habe keine Lust, nass zu werden.“

„Weichei!“, kommentierte die Schwester.

Aber da tat sich etwas. Ein Mann hatte das Wirtshaus betreten. Er trug über der Tunika eine dünne Lacerna, einen Mantel mit Kapuze, die er so über den Kopf gezogen hatte, dass sein Gesicht verborgen blieb. Der Fremde strebte auf Gnaeus zu. Der Dicke schien den Neuankömmling zu kennen. Er nickte ihm freundlich zu. Dann ging alles blitzschnell. Der Mann im Mantel reichte Gnaeus eine Amphore, die dieser sofort unter dem Tisch verschwinden ließ, ohne dass seine Theaterfreunde es zu bemerken schienen. Dann verschwand der späte Gast so schnell, wie er gekommen war.

„Ich wüsste nur zu gern, was in dieser Amphore ist!", rief Julia.

„Wir werden es herausfinden. Lass uns warten, bis Gnaeus nach Hause geht. Und das mit dem Weichei nimmst du sofort zurück."

„Von mir aus, beim Jupiter!"

Eine Stunde später wurden die Geschwister erlöst. Gnaeus erhob sich endlich, verabschiedete sich fröhlich von seinen Tischgenossen und stapfte ins Freie. Die geheimnisvolle Amphore hielt er fest in der Hand.

Quintus stellte sich ihm in den Weg: „Ave, Betrüger. Gib mir die Amphore!"

Doch der kleine Dicke dachte gar nicht daran. Er machte auf dem Absatz seiner Sandalen kehrt und rannte davon.

„Jetzt geht das schon wieder los!“, ächzte Quintus und nahm mit Julia die Verfolgung auf.

Gnaeus bog um eine Ecke, stürmte in eine dunkle Gasse. In diesem Moment ertönte wütendes Gebell. Ein großer, zottiger Hund sprang den Schauspieler an und fletschte die Zähne. Gnaeus hob abwehrend die Arme, die Amphore fiel herunter und zersprang auf dem Pflaster. Der Dicke trat und schlug um sich, wehrte das Tier ab, konnte entkommen.

Die Geschwister stoppten – der Hund stand zwischen ihnen und dem Fliehenden. Sie wagten keinen Schritt weiter. Gnaeus verschwand in der Dunkelheit. Der Hund knurrte noch einmal, trottete dann aber langsam davon.

„Jetzt ist Gnaeus weg", sagte Quintus enttäuscht. „Es war alles umsonst."

Julia hatte sich über die Scherben gebeugt. „Vielleicht nicht. Da scheint etwas draufzustehen. Ich kann es bloß nicht entziffern, ich brauche Licht. Am besten nehmen wir die Scherben mit. Komm, lass uns nach Hause gehen."

Dort gab es ein entsetzliches Donnerwetter. Mutter Tulliola, bleich vor Müdigkeit und Angst um ihre nächtlichen Spaziergänger, stauchte Julia, aber vor allem Quintus, unbarmherzig zusammen. Damit hatten die Geschwister gerechnet – nicht aber mit dem Stubenarrest, den ihnen die Mutter auferlegte. Vater Scorpus, der eigentlich für die Strafen im Haus zuständig war, stand neben seiner Frau und gab eine unglückliche Figur ab. Schließlich hatte er vom Fahndungseifer seiner Kinder gewusst und gehofft, dass er zum Erfolg führen würde.

Wenn Quintus und Julia geglaubt hatten, am

nächsten Morgen ausschlafen zu dürfen, dann hatten sie sich mächtig getäuscht. Ein Sklave weckte sie beim ersten Hahnenschrei und führte sie zur Mutter, die gerade mit der Morgentoilette beschäftigt war. Tulliola saß auf einem Stuhl. Drei Sklavinnen umringten sie. Die eine kämmte ihre Haare, eine zweite hielt die Brennschere für die Locken parat und die dritte einen polierten Bronzespiegel.

„Julia, du wirst heute Wolle spinnen", meinte Tulliola kühl. „Und du, Quintus, wirst dich von deinem Vater unterrichten lassen."

Die Geschwister gehorchten seufzend. Für Julia gab es nichts Langweiligeres, als sich dieser Handarbeit zu widmen. Sie hätte sich viel lieber die Scherben angesehen, die sie in der vergangenen Nacht aufgesammelt hatte. Doch daraus wurde erst einmal nichts. Tulliola befahl dem Sklaven Archagathos, Julias Arbeit zu überwachen.

Auch Quintus war nicht sehr glücklich, seinem Vater mit gespitztem Griffel und Wachstafel gegenüberzusitzen, anstatt von ihm eine praktische Lektion in Sachen Rennsport zu erhalten. Scorpus ließ nicht mit sich verhandeln und begann mit dem Rechenunterricht. Dann überprüfte der Vater, wie gut sein Sohn die Annales, das Epos des Ennius, auswendig gelernt

hatte. Das Ergebnis war eher dürftig, wie Scorpus tadelnd bemerkte. Es folgte eine Unterweisung in Griechisch, der Sprache der Gelehrten.

Unterdessen spann Julia brav die Wolle. Archagathos passte auf wie ein Luchs. Das Mädchen fand keine Gelegenheit, die Scherben zu untersuchen.

Erst das Prandium, das Mittagessen, unterbrach die eintönige Arbeit und die Aufmerksamkeit des Aufpassers. Während des leichten Mahls, bestehend aus Gemüse und Fisch, flüsterte Julia ihrem Bruder zu: „Können wir uns gleich im Atrium treffen? Ich bringe die Scherben mit!"

„In Ordnung", gab Quintus ebenso leise zurück. „Papa möchte sich kurz hinlegen, ihm tut das Bein weh. Aber wie willst du Archagathos loswerden?"

„Ich mach das schon. Er soll neue Wolle kaufen gehen!"

Der Plan gelang. Kurz darauf knieten die Geschwister über den Scherben, die das Mädchen auf dem Boden ausgebreitet hatte.

„Beim Jupiter, wie willst du die jemals wieder zusammensetzen?", fragte Quintus.

„Mit Geduld und Geschick. Beides Dinge, die dir abgehen, Bruderherz."

„Das ist ja auch eine Aufgabe für euch Weiber!",

fuhr Quintus auf. „Genauso wie das dämliche Spinnen!“

„Wenn hier einer spinnt, dann bist du es. Und nun lass mich mal machen“, erwiderte die Schwester ungerührt. In aller Ruhe begann Julia, die Scherben zu ordnen. „Siehst du, du Hohlkopf, hier ist ein Buchstabe – ein N. Und da sind gleich zwei auf einer Scherbe: ein B und ein A.“ Das Mädchen fischte eine beschriebene Scherbe nach der anderen heraus.

Die Augen ihres Bruders wurden immer größer, aber das ließ er sich nicht anmerken.

„Das sieht doch schon ganz gut aus“, murmelte Julia, vertieft in ihre Arbeit. Schließlich hatte sie fünf Bruchstücke aussortiert und nebeneinander gelegt.

„Na klasse!“, spottete Quintus. „Und was soll das heißen?“

„Psst, Hohlkopf“, meinte Julia konzentriert.

„Wenn du mich noch einmal Hohlkopf nennst, lernst du den Zorn der Götter kennen!“

„Psst“, wiederholte die Schwester. Sie begann, die Scherben hin und her zu schieben. „Na, was sagst du jetzt?“, meinte sie plötzlich.

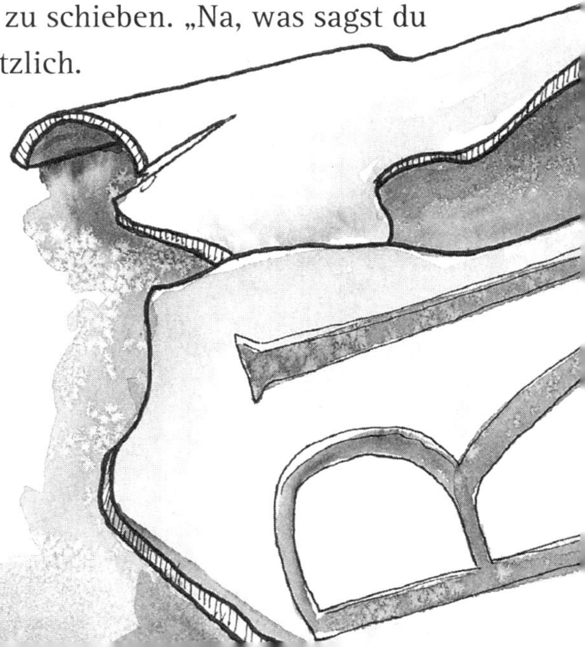

Was war in der Amphore?

Ein unheimlicher Auftritt

„Baldrian – so eine Schweinerei!“, rief Quintus. „Kein Wunder, dass die Pferde so schlapp und müde waren.“

„Na, wie bin ich?“, kokettierte seine Schwester. „Da wärst du nie drauf gekommen, gib es zu!“

„Gar nichts gebe ich zu. Lass uns lieber überlegen.“ Der Bruder ging auf und ab. „Der dicke Stallbursche muss das Zeug mit etwas vermischt haben, das die Pferde mögen. Dann hat er es ihnen ins Wasser geschüttet.“

„Wenn der Kerl überhaupt ein Stallbursche ist“, gab Julia zu bedenken. „Vielleicht hat er sich nur als Stallbursche verkleidet. Gnaeus ist ja schließlich Schauspieler. Erinnere dich: Gnaeus soll sich ziemlich tölpelhaft in den Ställen angestellt haben!“

„Auch eine Möglichkeit. Und der Mann unter der Kapuze war Mollicius, oder?“ Quintus schlug sich vor die Stirn. „Ja, so wird es gewesen sein. Mollicius versorgt Gnaeus mit dem Baldrian, der setzt die Pferde außer Gefecht, Mollicius gewinnt das Rennen und das Geld, von dem er Gnaeus etwas abgibt.“

„Klingt logisch, ist es aber nicht“, warf Julia ein. „Du hast etwas vergessen!“

„Und das wäre?“

„Ganz einfach: Was ist mit Flavius?“, erläuterte das Mädchen. „Was ist mit der verschlüsselten Botschaft, die er verloren hat, welche Rolle hat Flavius in diesem bösen Spiel?“

„Richtig, das hatte ich übersehen. Aber heute Abend haben wir Gelegenheit, ihm ein wenig auf den Zahn zu fühlen! Flavius will doch zum Festmahl kommen. Und jetzt müssen wir erst einmal Mama und Papa informieren. Vielleicht erlassen sie uns dann den Hausarrest.“

So war es. Bis zum Beginn des Banketts durften die Geschwister hinaus. Quintus zog es zu den Rennpferden, Julia spielte mit einer Freundin im Garten eine Partie Mühle.

In der Zwischenzeit hatten die Sklaven jede Menge zu tun. Das ganze Haus wurde blitzblank geputzt. Am meisten Trubel herrschte in der Küche. Der Koch Salvius kommandierte schwitzend ein kleines Heer von Küchenjungen und Dienstboten. Aus Salvius’ Reich duftete es bereits verführerisch. Der Koch wollte den Gästen ein Menü zaubern, von dem man auch in zwei Tagen noch auf dem Forum Romanum sprechen sollte. Mit gerunzelter Stirn beugte er sich über einen Topf, in der er die Soße für den Aal zubereitete. Sie bestand aus Pfeffer, Honig, Essig, Öl, Fleischbrühe und gekochtem Most. Salvius schmeckte die Mischung noch einmal ab. Dann trieb er seine Mannschaft wieder unerbittlich zur Eile an. Sie schafften es so gerade, bis zur Ankunft des ersten Gastes fertig zu sein.

Dieser erste Besucher war Flavius. Rasch folgten weitere Gäste, die alle in das Speisezimmer, das Triclinium, geführt wurden. Auch Aulus gehörte zur feinen Gesellschaft. Würdevoll ließ er sich auf einer

der Liegen nieder, die hufeisenförmig um den flachen Tisch gruppiert waren.

Als alle da waren, klatschte Salvius zweimal in die Hände. Zwölf Sklaven waren in den nächsten beiden Stunden damit beschäftigt, die Speisen aufzutragen: Als ersten Gang gab es Austern und in Milch gemästete Schnecken. Der Hauptgang bestand aus gesottenem Straußenfleisch mit einer Kümmel-Dattel-Soße und dem Aal à la Salvius. Anschließend begab sich die Patrizier-Schar ins Atrium, um den Laren, den Hausgöttern, schweigend etwas zu opfern. Die Schlemmerei endete mit dem Nachtisch: afrikanische Süßweinbrötchen mit Honig und Pfeffer.

Einige Stunden später war das Trinkgelage voll im Gange. Die Tischgenossen hatten ihre Häupter mit Blumenkränzen geschmückt. Sie lachten, lauschten der Musik und dem Vortrag von Gedichten.

Unauffällig zogen Scorpus, Julia und Quintus den Auguren zur Seite. Der Rennfahrer flüsterte: „Warum waren meine Pferde gestern so müde? Und kannst du mir sagen, ob ich beim Rennen zu Kleopatras Ehren gesund sein werde?"

„Lass uns zu deiner Opferstelle gehen", meinte Aulus. „Und bringt mir die Leber eines frisch geschlachteten Schafes. Dann werden wir sehen ..."

Es war bereits dunkel. Fackeln warfen ihr zuckendes Licht an die Wände. Der Augur beugte sich über die Leber auf dem kleinen Altar. Er war ein hagerer Mann mit tief liegenden, fast schwarzen Augen und dichten Brauen. Neugierig beobachteten ihn die Geschwister und ihr Vater.

Nach einer Weile begann Aulus, Unverständliches zu murmeln. Sein Körper wiegte sich hin und her. Plötzlich heulte er auf und schlug die Hände vors Gesicht.

„Was ist, was hast du gesehen?", fragte Scorpus.

Aulus nahm die Hände weg, und seine Zuschauer fuhren entsetzt zurück. Feine, rote Ströme von Blut

liefen aus den Augen des Auguren über dessen Wangen. Der Seher deutete auf den Rennfahrer und sprach heiser: „Ich sehe dunkle Schatten über dir, Scorpus. Die Schatten des Todes. Die Götter sind nicht mehr auf deiner Seite! Es war ihr Wille, dass du gestern verloren hast. Weil du hochmütig geworden bist. Höre auf, Nachforschungen anzustellen. Akzeptiere den Willen der Götter. Hüte dich, ihren Willen zu hinterfragen!"

„Natürlich. *Ita diis placuit*", sagte Scorpus ehrfürchtig. Wie es den Göttern gefiel.

„Und jetzt lasst mich allein!", befahl Aulus.

Rasch humpelte der Vater zu seinen Gästen, gefolgt von den Geschwistern. Schlanke Tänzerinnen umgarnten den Hausherrn, aber dem stand danach nicht der Sinn.

„Ich und hochmütig ... Außerdem weiß ich jetzt noch nicht, ob ich beim nächsten Rennen gesund sein werde", sagte Scorpus betrübt.

Quintus reichte ihm einen Becher mit bestem Sabinerwein: „Das bringt dich auf andere Gedanken."

„Außerdem wollten wir uns doch mit Flavius unterhalten!" Schon war Julia verschwunden und führte wenig später den Schauspieler heran. Der schwankte leicht, wirkte nicht mehr ganz nüchtern.

„Na, wie geht es dem unfreiwilligen Helden der griechischen Tragödie – was macht dein Bein?", spottete Flavius.

Scorpus ging nicht auf seine Scherze ein. Er und die Geschwister verwickelten den Theatermann in ein zunächst belangloses Gespräch über Pferderennen. Es war Quintus, der als Erster zur Sache kam: „Und du hast gestern wirklich so viele Sesterze gewonnen?"

„Aber ja, es waren dreitausend, wenn du es genau wissen willst", prahlte Flavius.

„Du hast auf Mollicius gesetzt, obwohl Papa der Favorit war – das war doch ziemlich riskant", setzte Julia nach.

Flavius sah sie belustigt an: „Mag sein. Aber ich habe nun mal eine Schwäche für Außenseiter, mein hübsches Kind."

Widerlicher Schleimer, alte Amphore!, dachte das Mädchen.

„Außerdem liebe ich das Risiko", führte der Schauspieler aus. „Das macht doch erst den Reiz des Spiels aus, nicht wahr?"

„Wohl kaum, wenn man zu den Verlierern gehört", konterte Quintus. „Vor allem, wenn es vielleicht nicht mit rechten Dingen zugegangen ist ..."

Flavius' Augen wurden schmal: „Wie meinst du das?"

„Das hat er nur so gesagt, ohne nachzudenken", mischte sich der Vater eilig ein.

„Ist doch wahr!", beharrte Quintus. Trotzig verschränkte er die Arme vor der Brust. „Julia hat einen Zettel bei dir gesehen. Mit dem Namen des Siegers darauf."

Flavius ballte die Fäuste: „Lächerlich! Muss ich mich in deinem Haus so beleidigen lassen, Scorpus?"

„Beruhige dich. Ich lasse dir Wein bringen." Der Rennfahrer winkte einen der Sklaven herbei. „Und du, Quintus, hältst jetzt endlich den Schnabel."

Der Theatermann nahm einen großen Schluck. „Nicht übel, der Tropfen", lobte Flavius. Er hatte sich wieder etwas beruhigt. „Aber nun einmal im Ernst. Du hast gestern eben Pech gehabt, Scorpus. Und es ehrt deine Kinder, dass sie die Niederlage des Vaters nicht akzeptieren wollen. Doch von Betrug zu faseln, von verschlüsselten Botschaften – das ist doch völlig abwegig." Er setzte den Tonbecher ab. „Und nun muss ich euch verlassen. Schade, es war ein schöner Abend." Flavius warf einen vernichtenden Blick auf Quintus: „Na ja, überwiegend."

„Du warst unglaublich ungeschickt", schimpfte Scorpus seinen Sohn aus, als der Schauspieler gegangen war. „Du hast dich benommen wie ein alter, dummer Esel! Jetzt sind wir keinen Schritt weiter. Und Flavius ist auch noch gewarnt."

Quintus ging beleidigt ins Atrium. Julia begleitete ihn. Schweigend tranken sie ihre Ziegenmilch. Quintus war bedrückt. Er hatte es ja nur gut gemeint. Dieser Flavius! Julia hatte völlig Recht: Der Kerl war eine elende Amphore. Und ein Betrüger! Wenn man es ihm nur beweisen könnte ... Quintus ließ sich noch einmal das Gespräch mit dem Schauspieler durch den Kopf gehen. „Ich bin wirklich dumm“, ächzte er plötzlich.

„Nimm es dir nicht so zu Herzen“, meinte die Schwester. „Papa ist nun einmal schlecht gelaunt.“

„Es ist anders, als du denkst. Ich ärgere mich über uns alle drei. Flavius hat sich vorhin verraten. Aber keinem von uns ist es aufgefallen!“

Wodurch hat sich Flavius verraten?

Eine Villa wird gestürmt

„Warum haben wir nur nicht früher geschaltet?“, fragte sich Julia entsetzt. „Du hast natürlich Recht: Flavius sprach von verschlüsselten Botschaften, obwohl du die gar nicht erwähnt hattest.“

„Vielleicht hat er seinen Fehler bemerkt und ist deshalb so schnell gegangen“, mutmaßte Quintus. Er lief mit seiner Schwester zurück zum Fest. Rasch informierten sie ihren Vater.

„Flavius ist also doch ein Betrüger“, rief Scorpus wütend. „Ich werde dafür sorgen, dass man ihn sofort festnimmt.“

Eine halbe Stunde später, es war kurz vor Mitternacht, brachen ein Zenturio und zwanzig Legionäre zum Landhaus des Flavius auf, um ihn zu verhaften. Alle Legionäre trugen das kurze, zweischneidige Schwert, den Wurfspieß sowie Helm, Schild und Brustpanzer.

Quintus und Julia durften den Trupp begleiten, weil sie Flavius auf die Schliche gekommen waren. Allerdings hatte der Vater darauf bestanden, dass auch der Sklave Archagathos mitging, um die Ge-

schwister notfalls zu beschützen. Scorpus selbst blieb bei Tulliola und den Gästen. „Was kann ich Humpelbein euch schon groß helfen?“, hatte er argumentiert.

Das Weingut, das der Schauspieler geerbt hatte, lag unmittelbar vor den Toren Roms auf einem sanften Hügel. Es war Vollmond. Kein Wölkchen trieb über den mit Sternen übersäten Himmel. Die silbernen Silhouetten der Pinien säumten die Via Ostiensis, die Rom mit seinem Mittelmeerhafen Ostia verband. Der Zenturio gab ein hohes Tempo vor. Die Geschwister und ihr Aufpasser hatten Mühe, den Soldaten zu folgen. Während des Marsches unterhielten sich die Geschwister leise.

„Wir wissen jetzt, dass Flavius ein Schurke ist. Aber wer hat ihm den Zettel zugesteckt?“, überlegte Julia.

„Bestimmt Mollicius“, antwortete Quintus. „Wer denn sonst?“

„Bist du dir da so sicher? Ich meine, Mollicius konnte doch davon ausgehen, dass er die Siegprämie gewinnt. Warum sollte er dann einen Mitwisser haben wollen? Und was ist mit Gnaeus?“

„Vielleicht war es ein Freundschaftsdienst“, erwiderte der Bruder lahm.

„Nicht sehr überzeugend. Womöglich hat sich Mollicius ja auch was von Flavius’ Wettgewinn geben lassen. Dann hätte Mollicius zweimal kassiert.“

Quintus nickte: „Schon besser. Hoffentlich erwischen die Soldaten Flavius. Dann wissen wir mehr."

Kurz darauf tauchte die Villa des Schauspielers auf. Allein ihre stattliche Größe ließ auf den Reichtum des Besitzers schließen. Der Zenturio hob die Hand. Seine Männer stoppten.

„Wir umstellen das Haus. Dann gehen wir rein", befahl der Zenturio und zog sein Schwert. Die Männer verteilten sich und rückten lautlos auf die Villa vor.

Julia und Quintus blieben mit ihrem Sklaven zurück. Die Soldaten hatten die drei offenbar vergessen.

„Oh, ich habe schrecklichen Durst", meinte das Mädchen. „Archagathos, besorge mir Wasser. Vorhin sind wir an einem Bach vorbeigekommen. Lauf, und hol mir etwas zu trinken."

„Ich lasse euch nur ungern allein", wagte der Sklave einzuwenden.

„Hast du nicht gehört, was sie gesagt hat? Nun geh schon!", befahl Quintus.

Archagathos verschwand in der Dunkelheit.

Die Geschwister sahen sich an. Das Mädchen nickte. Der Bruder lächelte. Dann liefen sie den Legionären hinterher. Julia und Quintus erklommen einen

Weinberg, standen wenig später vor einer weißen, etwa einen Meter hohen Mauer. Dahinter hatte man in den Boden gewaltige Tonfässer eingelassen, in denen Wein gelagert wurde. Geduckt rannten die Geschwister weiter, bis sie ein Tor erreichten. Sie spähten um die Ecke. Julia und Quintus sahen gerade noch, wie die Soldaten in die Villa eindrangen.

In dieser Sekunde schlug ein Hund an. Ein anderer stimmte in das Gebell mit ein. Stimmen wurden laut. Befehle erschallten.

Die Geschwister sprinteten über einen Kiesweg zum Eingang des Herrenhauses. Schreie gellten. Quintus und Julia duckten sich hinter einen Ziehbrunnen. Zwei Legionäre schleiften einen gefesselten Sklaven aus dem Haus. Der Mann hatte offenbar seinen Herrn verteidigen wollen. Dann kehrte wieder Ruhe ein. Eine gespenstische Stille. Wo steckte Flavius? War er überhaupt in seiner Villa?

Quintus ergriff die Initiative. Er schlich sich in das Haus, seine Schwester im Schlepptau. Dunkelheit empfing sie. Nicht einmal das Mondlicht hatte eine Chance, denn aus Angst vor Einbrechern gab es in den Villen im Erdgeschoss keine Fenster. Quintus legte einen Finger auf die Lippen, schob sich auf Zehenspitzen vorwärts. Er erreichte das Atrium mit seinem Regenbecken in der Mitte. Quintus hielt sich links, gelangte zu einem Raum, huschte hinein. Er lauschte. Nichts. Nur sein Herz pochte so laut, dass er fürchtete, sich zu verraten. Er wandte sich um. Julia? Auch nichts.

Quintus verließ den Raum, ging mit nach vorn ausgestreckten Armen weiter. Plötzlich griff er in etwas Weiches. Quintus fuhr zurück. Zart, wie ein Schleier, wehte der unsichtbare Feind in sein Gesicht. Der Junge unterdrückte einen Schrei. Doch dann packte er zu – nur ein Stück Stoff, stellte er erleichtert fest. Ein Vorhang, der einen Raum vom Atrium abtrennte. Es roch ganz leicht nach Essen. Quintus vermutete, dass er vor dem Triclinium von Flavius stand.

Jemand berührte seine Schulter. Quintus' Nackenhaare stellten sich auf.

„Sei doch nicht so schreckhaft, Brüderchen", wisperte Julia und kicherte.

Quintus fand die ganze Situation nicht besonders spaßig, blieb aber nach außen gelassen. „Es ist sinnlos, hier weiterzusuchen. Man kann absolut nichts sehen", antwortete er.

„Wir brauchen Licht“, stimmte ihm die Schwester zu. Quintus machte draußen einen Schimmer aus, nahm Julia an der Hand und führte sie aus dem Haus. Dort empfing die Geschwister der Schein vieler Fackeln. Sie tauchten den Vorplatz der Villa und das Lager mit den Weinfässern in warmes Licht. Die Legionäre erstatteten dem Zenturio Meldung. Nein, man habe keine Spur von Flavius finden können. Weder im ersten Stock noch im Arbeitertrakt noch in den Ställen.

Julia und Quintus gesellten sich unauffällig hinzu und beobachteten die Szene. Plötzlich wurden Julias Augen schmal.

Der Zenturio wollte gerade den Rückzug anordnen, als das Mädchen meinte: „Ich glaube, wir sollten noch etwas bleiben.“

Der Kommandant sah Julia verdutzt an: „Mein Kind, aus meiner Sicht ist es schlimm und gefährlich genug, dass ein *Musculus* wie du überhaupt hier draußen ist. Und jetzt willst du uns im Ernst auch noch Ratschläge erteilen, beim Mars?“

Julia nickte: „Erstens: Ich bin kein Mäuschen. Zweitens: Verhaftet endlich Flavius. Ich habe ihn nämlich entdeckt.“

Wo hat sich Flavius versteckt?

Der Überfall der Maskenmänner

Beim Frühstück am nächsten Morgen mussten die Geschwister die Erlebnisse der Nacht wieder und wieder in allen Einzelheiten schildern.

„Im Weinfass!“, lachte Tulliola. „Da gehört Flavius auch hin!“

Scorpus blieb nachdenklich: „Dennoch ist es schade. Ich habe Flavius für einen Freund gehalten. Was für eine Enttäuschung.“

„Hauptsache, er kann uns nicht mehr gefährlich werden“, meinte Quintus kauend. „Aber wir müssen auf der Hut sein, solange Gnaeus frei rumläuft. Wir werden dich heute zum Rennen begleiten und genau aufpassen, Vater.“

Scorpus' Augen leuchteten: „Das Rennen! Gut, dass mein Bein kaum noch schmerzt. Ich werden siegen, beim Mars. Und Kleopatra wird mir Beifall spenden.“ Er fing den vernichtenden Blick seiner Frau auf. „Du natürlich hoffentlich auch, Haselmäuschen“, ergänzte er schnell.

Zur gleichen Zeit bereitete sich auch Julius Cäsar gedanklich auf die Spiele vor. Er hatte Schlachten gegen Helvetier, Nervier, Aquitaner und Briten gewonnen, er hatte Gallien und Spanien erobert, aber galt das auch für das Herz der schönsten Frau, die er je gesehen hatte und die jetzt in seinem Gästehaus weilte? Kleopatra war nicht nur schön, sie war auch klug und vor allem anspruchsvoll. Cäsar musste ihr die Größe Roms – und damit auch seine Größe – beweisen. Die Spiele konnten für dieses Ziel ein willkommenes Mittel sein.

„Bring mir den Rennleiter!“, befahl der Diktator einem Sklaven.

Es vergingen keine fünf Minuten, bis Numerius vor dem Herrscher stand.

„Wie sieht es aus, Numerius: Werden die Spiele gut?“, fragte Cäsar lauernd.

„Natürlich, das werden sie!“, sagte der Rennleiter voller Demut.

„Das reicht nicht!“, knurrte Cäsar. „Ich brauche keine guten Spiele, ich brauche sehr gute! Ach, was sage ich: Ich brauche die besten! Einmalige Spiele, dramatische, sensationelle – hast du mich verstanden?“

Numerius zitterte jetzt am ganzen Körper: „Ja, oh Cäsar!“

„Das rate ich dir. Denk an die Löwen. Du bist vielleicht ein bisschen dünn, Numerius. Aber als Appetitanreger würden dich die Löwen dennoch zu schätzen wissen!“

Numerius führte kurz darauf die Pompa an, den Festzug mit den Götterbildern, der die Spiele einleitete. Die Prozession marschierte vom Capitol zum Circus Maximus. Im Zug liefen Priester und viele römische Jugendliche mit. Begleitet wurden sie von einem bunten Tross: Vor allem Musikanten und Tänzer waren darunter. Andere zogen kleine Wagen, auf denen witzige Anspielungen auf aktuelle Ereignisse nachgebildet waren. Das Volk jubelte dem Zug von allen Seiten zu.

Zeitgleich herrschte Hektik in den Ställen des Circus Maximus. Scorpus und seine Kinder versorgten in ihrer Box die Pferde, kratzten ihre Hufe aus, gaben ihnen zu fressen und zu trinken. Die drei schmierten die Deichsel des Rennwagens, sie überprüften Scorpus' Ausrüstung, vom Helm bis zur Peitsche, und das

Zaumzeug. Normalerweise verrichteten diese Arbeiten Sklaven wie Archagathos. Aber nach den Erfahrungen beim letzten Rennen hatte Scorpus jede Hilfe abgelehnt – außer der seiner Kinder. „Lasst mir bloß nicht die Wassereimer aus den Augen!“, bat Scorpus, der bereits die blauen Farben seines Rennstalls trug.

„Klar doch!“, antworteten die Geschwister wie aus einem Mund.

„Hängst du immer noch deiner Verschwörertheorie nach? Das ist doch lächerlich“, erklang da die Stimme von Mollicius in seinem roten Rennfahrer-An-

zug. „Ich habe dich beim letzten Mal fair geschlagen. Gib es endlich zu. Deine Zeit ist vorbei, du bist zu langsam, Scorpus!“

„Die Antwort gebe ich dir auf der Rennbahn, du großmäulige Schnecke!“, erwiderte Scorpus kalt. Er stand Mollicius jetzt direkt gegenüber. Beide Rennfahrer hatten die Fäuste geballt.

„Ich werde dich dahin schicken, wo du hingehörst: in den Staub der Arena“, drohte Mollicius.

„Das werden wir ja sehen. Und jetzt verschwinde!“, gab Scorpus zurück.

Mollicius stolzierte mit einem überheblichen Lächeln davon. Am Ausgang kam er an Aulus vorbei.

„Ave!“, grüßte der Seher Scorpus und dessen Kinder. „Interessiert es euch, was die Götter zum Rennausgang sagen?“

Scorpus, Julia und Quintus nickten.

„Dann kommt!“ Gemeinsam traten die vier vor die Tür. Niemand achtete mehr auf Scorpus’ Pferde. Plötzlich löste sich ein Schatten aus dem hinteren Teil des Stalles. Rasch näherte sich eine Gestalt den Eimern, sah sich um und kippte den Inhalt einer Amphore in das Wasser für die Tiere. Dabei stieß sie gegen eines der Gefäße. Ein verräterisches Geräusch – die Gestalt erstarrte. Doch niemand schenkte dem Attentäter Beachtung. Auf Zehenspitzen schlich der Mann davon.

„Es tut mir Leid, aber Mollicius wird siegen“, meinte unterdessen Aulus an der Stalltür. „So ist der Wille der Götter. Ich hoffe, du verzeihst mir, Scorpus, dass ich ein kleines Sümmchen auf Mollicius gesetzt habe. Dennoch: Viel Glück!“

„Lass dir nichts einreden!“, bat Julia ihren Vater. „Du bist stark genug, zeig es ihnen!“ Sie zog ihn zu den Pferden. „Konzentriere dich allein auf das Rennen.“ Sie stoppte. „He, was ist das? Stand der Eimer

vorhin nicht woanders?“ Das Mädchen kniete sich hin und roch an dem Wasser. Julia verzog das Gesicht. „Das riecht seltsam, beim Jupiter. Lasst uns das Wasser lieber ausschütten.“ Vater und Bruder halfen ihr.

„Hoffentlich haben die Pferde noch nichts davon getrunken!“, meinte Quintus. In dieser Sekunde erhielt er von hinten einen solchen Stoß, dass er hart auf dem Boden landete. Als Quintus sich aufrappelte, sah er, dass sich zwei Männer auf seinen Vater gestürzt hatten. Der eine war dick und verbarg sein wahres Gesicht unter einer Maske mit einer lachenden Fratze. Der andere, hager von Gestalt, trug eine Maske, die ein weinendes Antlitz zeigte. Er schlug mit einer Holzlatte auf Scorpus ein, traf ihn an der Brust. Der Rennfahrer schrie auf, fiel hin. Der nächste Hieb erwischte die rechte Kniescheibe.

„Du wirst nicht an den Start gehen“, brüllte der Dünne und holte abermals mit der Latte aus. In diesem Moment fuhr eine Forke in seine Beine. Der Hagere brüllte auf: „Wer war das?“

„Ich!“, rief Quintus. „Und das war noch nicht alles!“ Er sprang den Mann an, bekam die Latte zu fassen, riss daran. Sie fielen ins Heu, wälzten sich darin, prügelten aufeinander ein.

„Jetzt reicht es“, zischte der zweite Angreifer. In der Hand des Dicken blitzte ein Schwert. „Ich werde dich töten!“

Doch er hatte nicht mit Julia gerechnet. Das Mädchen packte einen Schemel und meinte entschlossen: „Nun kommt dein Vorhang, Dicker, Ende der Vorstellung!“

Zack! Mit viel Schwung landete der Schemel auf dem Kopf des Schwertträgers. Der ließ seine Waffe fallen, brach zusammen.

Julia kam ihrem Bruder zu Hilfe. Der Hagere warf die Geschwister zurück, hielt sie mit der Stange auf Distanz, drehte sich um und rannte davon.

Die Geschwister wollten ihm nachsetzen, doch die Hilferufe ihres Vaters stoppten sie. Julia und Quintus kauerten sich neben ihn: „Bist du verletzt?“

„Mein Knie, mein Knie!“, jammerte Scorpus. „Ich brauche einen Arzt. Und holt die Legionäre. Aber vorher fesselt den Kerl da!“ Er deutete auf den Dicken.

Julia beugte sich über den Bewusstlosen und zog ihm die Maske vom Gesicht. „Gnaeus, ich hab’s doch gewusst. Im Theater habe ich dich noch gewarnt: Wenn mir einer dumm kommt und ich zufällig einen Schemel in der Hand habe …“, flötete das Mädchen.

„Nun fesselt ihn schon!“, ordnete ihr Vater an. Die Geschwister gehorchten augenblicklich.

Der Rennfahrer versuchte aufzustehen. Doch schmerzverzerrt ließ er sich auf den Boden fallen. Julia und Quintus flitzten auf der Suche nach einem Arzt aus dem Stall. Dort stand Aulus und war in ein Gespräch mit einem anderen Mann vertieft. Es ging um eine Wette. Der Augur sagte gerade mit einer großen Geste: „Heute Morgen, als ich die heiligen Hühner beobachtete, sah ich, dass sie ...“

„Aulus, wir sind überfallen worden!“, rief Quintus aufgeregt.

„Was ist passiert, beim Jupiter?“, fragte Aulus entsetzt.

„Vater wurde verletzt. Zwei maskierte Männer waren es“, erläuterte das Mädchen.

Der Augur riss die Augen auf: „Kann er etwa nicht am Rennen teilnehmen? Das wäre ja eine Tragödie!“

„Sieht so aus. Wir müssen den Arzt holen“, sprach Julia traurig.

Aulus schüttelte den Kopf: „Armer Scorpus. Ausgerechnet heute, wo Cäsar und Kleopatra beim Rennen sind, wird er am Knie verletzt. Euer Vater hatte sich doch so auf diesen Tag gefreut. Aber ich habe es ja gesagt: Die Götter sind nicht auf seiner Seite ...“

Julia und Quintus ließen ihn stehen, alarmierten den Arzt und eine Patrouille. Auf dem Rückweg blieb das Mädchen mit einem Mal stehen.

„Was ist? Wir müssen zu Papa!“, rief der Bruder verärgert.

„Warte doch mal, mir ist da was aufgefallen ...“

„Erzähl mir das später. Wir haben jetzt keine Zeit zu verlieren, beim Janus!“

„Es ist wichtig! Denn ich glaube, die Soldaten können auch gleich Aulus festnehmen.“

„Bist du von Sinnen?“, schnauzte sie Quintus an.

„Ganz und gar nicht. Aulus war der zweite Angreifer im Stall. Er hat sich verraten!“

?

Wodurch hat sich Aulus verraten?

Das Duell

„Du hast Recht!“, stammelte Quintus entgeistert. „Aulus hätte gar nicht wissen dürfen, dass Papa am Knie verletzt wurde.“

„So ist es. Das wusste er nur, weil er dabei war!“, rief das Mädchen. Sofort weihten die Geschwister die Patrouille ein. Die Legionäre griffen routiniert und so überraschend zu, dass Aulus keine Chance hatte, sich der Festnahme zu widersetzen.

Der Mediziner kümmerte sich unterdessen um Scorpus. „Wie kennen uns doch“, begrüßte der Arzt den Verletzten. „Du hast Sinn für Abwechslung, Scorpus. Nun ist es das andere Bein. Lass mich mal sehen.“ Der Mediziner untersuchte das Knie und meinte: „Es schwillt stark an. Vermutlich eine schwere Prellung.“

„Aber ich muss am Rennen teilnehmen!“, beharrte Scorpus trotzig.

„Sei nicht albern. Du kannst ja noch nicht mal stehen!“, beschied ihm der Arzt.

Der Rennfahrer fluchte. „Daran ist nur dieser Mistkerl schuld“, erregte er sich und zeigte auf den Auguren, den die Legionäre gerade zusammen mit

Gnaeus, den man auf eine Trage verfrachtet hatte, abführen wollten. „Warum hast du das getan, beim Jupiter? Rede!“

Aulus blickte ihn kalt an: „Für Ruhm und Geld. Zwei Dinge, nach denen auch du strebst. Flavius, Gnaeus und ich lieben die Welt der Bühne. Unser Plan war, ein eigenes Theater zu bauen. Dort wollten wir unsere Theaterstücke zeigen und die Hauptrollen spielen.“

„Also war Gnaeus gar kein Stallbursche!“, rief Quintus dazwischen. „Wir haben es doch geahnt!“

„Das stimmt. Gnaeus war ein ziemlich eigensinniger Darsteller, den niemand engagieren wollte. Außerdem hatte er viel Geld beim Wetten verloren. Deshalb hoffte er auf eine große Karriere als Schauspieler – in seinem eigenen Theater. Auch Flavius war hoch verschuldet“, führte Aulus aus. „Dieser

Trinker hatte es doch fast geschafft, sein Erbe durchzubringen. Wie Gnaeus sah er seine letzte Chance auf der Bühne.“ Der Seher senkte die Stimme und fuhr fort: „Wir brauchten Geld, viel Geld. Und da hatte ich die Idee mit den Wetten. Ich besorgte das Beruhigungsmittel für die Pferde, mischte es mit wohlschmeckenden Kräutern und gab es Gnaeus – wie in jener Nacht, als ihr uns im Wirtshaus fast auf die Schliche gekommen seid.“

„Dann warst du der Mann mit der Kapuze“, folgerte Julia.

Aulus nickte und fuhr fort: „Gnaeus schlich sich in die Ställe ein und goss das Baldrian-Gemisch bestimmten Tieren ins Wasser.“

„Das tat er dann wohl auch vor zwei Tagen, als ich gegen Mollicius verlor“, ahnte Scorpus.

„So war es“, gestand Aulus. „Sobald das geklappt hatte, ließen wir Flavius per Boten eine verschlüsselte Botschaft zukommen, auf welchen Rennfahrer er möglichst viele Sesterze setzen sollte.“ Er lächelte in sich hinein. „Das Ganze hatte noch einen wunderbaren Nebeneffekt: Auf diese Art und Weise wäre ich zum besten Seher Roms geworden. Zu Aulus, dem Einzigartigen!“

„Aber dann hättest du mich beim letzten Mal doch

auch gewinnen lassen können“, warf Scorpus ein. „Du hättest nur meinen Sieg vorhersehen müssen.“

„Aber nein. Deine Siege sind aus der Sicht eines Auguren nichts Besonderes, weil du oft der Favorit bist. Die Kunst eines Sehers bestand darin, den Sieg des Außenseiters Mollicius vorherzusehen“, erläuterte Aulus von oben herab.

„Was ist mit Mollicius? Hat der mit der Sache gar nichts zu tun?“, hakte Scorpus nach.

Aulus winkte ab: „Mollicius? Nein, der ist unschuldig.“

Für einen Moment kehrte Schweigen ein. Dann sagte Julia: „Eine Frage habe ich noch. Haben deine Augen wirklich geblutet, als du dir die Leber des Schafes angesehen hast?“

Wieder lächelte der Augur: „Nicht doch. Als ich mir die Hände vors Gesicht schlug, zerdrückte ich dabei heimlich kleine Kapseln mit Ochsenblut auf meinen Wangen. Das gehört zur Schau. Ein bisschen Dramatik würzt die Sache nun einmal. Das ist wie beim Theater. Manchmal glaube ich, dass die ganze Welt ein einziges Theater ist.“

Draußen wurde Musik laut.

„Der Festzug hat den Circus erreicht. Gleich geht das Rennen los“, meinte Scorpus niedergeschlagen.

„Aber ohne diese Herren hier“, sagte einer der Soldaten und deutete auf Aulus und Gnaeus. „Abführen! Vorwärts!“

„Und ohne diesen“, ergänzte der Arzt und zeigte auf Scorpus. „Jedenfalls wird er keine Quadriga steuern.“

Als die Soldaten mit den Gefangenen weg waren, startete Scorpus einen zweiten Versuch beim Arzt: „Kann ich nicht doch – ich meine, es käme schließlich auf einen Versuch an, ob ich nicht vielleicht ...“

„Vergiss es, beim Janus. Wie oft soll ich dir das noch sagen!“, kam es barsch vom Mediziner zurück.

Draußen schwoll der Lärm an. Der Circus hatte sich inzwischen mit über einhunderttausend Zuschauern gefüllt, unter denen auch Tulliola war. Die Pompa marschierte gerade auf die Loge von Julius Cäsar und Kleopatra zu.

Da trat Quintus an seinen Vater heran. Er nahm seinen ganzen Mut zusammen und sagte: „Lass mich für dich die blauen Farben tragen!"

„Du?", rief der Rennfahrer entgeistert.

„Ja, ich. Ich habe dir oft genug bewiesen, dass ich den Wagen lenken kann. Außerdem haben wir jetzt nichts mehr zu verlieren."

Scorpus schüttelte den Kopf: „Oh doch. Du könntest dein Leben verlieren."

„Ich werde aufpassen, ich verspreche es dir", meinte Quintus fest. „Bitte, Vater!"

Scorpus dachte nach. Es war die schwierigste Entscheidung, die er jemals gefällt hatte.

Der Rennleiter erhob sich. Auf seinem Kopf trug er einen Kranz mit goldenen Blättern. Ein Zepter aus Elfenbein, das von einem Adler mit ausgebreiteten Flügeln gekrönt war, hielt Numerius in der linken Hand. In seinem Rücken spürte er den Blick von Julius Cäsar. Neben dem Herrscher saß Kleopatra.

Numerius betete insgeheim zu den Göttern, dass es ein guter Einfall gewesen war, Mollicius gegen Scorpus antreten zu lassen. Das Volk wollte die Revanche mit Sicherheit – aber interessierte dieses Rennen auch Kleopatra? Numerius wagte es, einen scheuen Blick auf die Königin zu werfen. Ein amüsiertes, aber auch leicht spöttisches Lächeln zierte das schöne Gesicht der Herrscherin vom Nil. Der Rennleiter wurde aus Kleopatra nicht klug.

Die Trompeten, die den Beginn eines Rennens ankündigten, verstummten. Numerius seufzte. Dann schwenkte er das weiße Tuch vor seiner Tunika.

Die Menge packte ein wahres Fieber. Fahnen in den Farben der Rennställe – Blau, Rot, Grün und Weiß – wurden geschwenkt. Scorpus war trotz seiner Schmerzen unter den Fans. Mit Julia und Tulliola feuerte er seinen Sohn an.

Unter der Tribüne nahmen die Rennwagen Aufstellung. Die Quadrigen von Quintus und Mollicius standen direkt nebeneinander. Sie wurden von Seilen zurückgehalten, die quer über die Bahn gespannt waren.

Quintus war heiß und kalt zugleich. Er tastete nach dem Amulett an seinem Hals. Sein Glücksbringer. Dann packte Quintus wieder die Zügel. Er hatte Mühe, die vier Pferde im Zaum zu halten. Sie schnaubten ungeduldig. Vor allem Tami, der links an der Innenseite der Rennbahn ging, war kaum zu bändigen.

Numerius beugte sich über das Geländer der Tribüne. Das Tuch verließ seine Hand, segelte hinab. Der Start! Die Leinen sanken zu Boden. Der Circus Maximus verwandelte sich in ein Tollhaus.

Quintus sah das alles wie in Zeitlupe. Er reagierte automatisch – seine Pferde stoben los, stürzten sich in das Rennen. Auf den ersten dreihundert Metern waren alle Gespanne auf gleicher Höhe. Erst dann

setzten sich der grüne und der weiße Rennfahrer ein wenig ab. Sie rasten als Erste auf die Wendemarke zu.

Quintus sah die Meta heranfliegen, er riss an den Zügeln, bremste den Wagen ab, zog nach innen, quetschte sich vor Mollicius an die dritte Stelle. Staub und Sand, den sein Vordermann hochschleuderte, spritzten in Quintus' Gesicht. Er kniff die Augen zusammen. Jetzt war der Rappe besonders gefordert. Tami musste in möglichst engem Bogen die Kurve nehmen. Die Quadriga legte sich auf die Seite, Holz knarzte. Der Wagen schleuderte auf einem Rad herum, Quintus wurde weit nach außen gedrückt,

Mollicius zog mit höhnischem Lachen innen vorbei, Quintus war Letzter!

„Er muss die Kurve steiler angehen!“, rief Scorpus verzweifelt.

„Quintus macht das schon“, war Julia überzeugt.

Ihr Bruder arbeitete sich wieder an das Feld heran. Er hielt sich im Windschatten von Mollicius, sparte so die Kraft seiner Pferde.

„Sehr gut, den Trick hat er von mir!“, jubelte Scorpus. „Jetzt muss er nur im richtigen Moment rausziehen, und schon ist er vorbei!“

„Ganz ruhig bleiben“, beschwichtigte Tulliola, bevor auch sie wieder brüllte. „Quintus, Quintus!“

Du hast es gerade nötig, dachte Scorpus und lächelte.

Runde für Runde näherten sich Mollicius und Quintus den beiden Führenden, die sich ein spannendes Kopf-an-Kopf-Rennen lieferten. Die letzte Runde kam. Jetzt holten die Fahrer alles aus sich und den Tieren heraus.

An der Kehre passierte es: Der grüne Rennwagen geriet ins Schleudern, stellte sich quer, überschlug sich. Der Fahrer wurde aus der Quadriga geschleudert und von den Pferden mitgeschleift. Sein Wagen stand mitten in der Ideallinie, die um die Meta führte. Der weiße Fahrer versuchte auszuweichen, verlor die Kontrolle über seine Pferde, die auf die Außenwand der Arena zugaloppierten. Im letzten Moment schnitt der Wagenlenker die Zügel durch und rettete sich mit einem Sprung auf den harten Sandboden.

Mollicius und Quintus erkannten die Gefahr rechtzeitig und umfuhren die Unfallstelle geschickt. Und jetzt wagte Quintus den Angriff auf seinen Widersacher. Im rasenden Galopp löste sich das Gespann aus dem Windschatten, schob sich langsam auf eine Höhe mit dem Vordermann.

Mollicius prügelte auf seine Tiere ein. Doch es war umsonst, der junge Gegner in den blauen Farben würde ihn gleich überholen. Der Mann in Rot lenkte nach außen, versuchte Quintus abzudrängen. Die Rennwagen berührten sich, Holz krachte, Splitter flogen. Aber Quintus hielt unbeirrt die Position. Da schwang Mollicius mit wutverzerrtem Gesicht die Peitsche hoch über sich und ließ sie auf Quintus' Nacken sausen.

Der Junge schrie auf. Er nahm seine Peitsche, wollte zurückschlagen. Doch Quintus war einen Moment zu langsam: Ein zweiter Hieb erwischte seine Hand, die die Peitsche führte. In hohem Bogen flog sie weg.

Mollicius setzte nach, sein nächster Schlag verletzte Quintus an der Stirn. Der Junge spürte etwas Warmes über sein Gesicht laufen – Blut! Feine Schleier zogen vor seinen Augen auf. Jetzt nur nicht ohnmächtig werden! Quintus sah alles nur noch verschwommen. Er begann auf dem Wagen zu schwanken, die Zügel drohten ihm aus den Händen zu gleiten. Gerade noch schaffte er es, seinen Wagen aus der Reichweite von Mollicius' Waffe zu lenken.

Mollicius lachte höhnisch: „Du wirst im Staub landen wie dein Vater!"

Dadurch kam Quintus wieder zu sich. Nein!, feuerte er sich an. Nicht so, nicht jetzt, nicht hier! Kämpfe! Er packte die Zügel wieder fester, riss den Wagen nach innen. Seine Quadriga fuhr dem rechtem Pferd von Mollicius in die Parade, die Stute drängte nach innen, brachte die anderen Tiere aus dem Tritt, das Gespann verlor an Fahrt – Quintus hatte es geschafft, er war an Mollicius vorbei!

„Ja!“, schrie Quintus und reckte eine Faust in den Himmel. Jetzt hatte er freie Bahn, nur noch zweihundert Meter trennten ihn vom Sieg!

Von den Rängen brandete tausendfacher Beifall auf.

„Seht ihr das, seht ihr das? Der Junge gewinnt!“ Scorpus wollte wie alle anderen aufspringen, aber ein stechender Schmerz in seinem Knie hinderte ihn daran.

„Wir sehen es!“, lachte seine Tochter. „Aber du?“

„Sehr witzig! Schafft er es? Nun sagt schon, beim Jupiter!“

Julia und Tulliola griffen ihm unter die Arme und halfen ihm hoch.

So wurde auch Scorpus Zeuge eines ungewöhnlichen Sieges. Sein Sohn überquerte als Erster die weiße Linie vor der Kampfrichtertribüne. Begeisterter Jubel umtoste Quintus, der freudestrahlend ins Volk winkte.

Sogar Julius Cäsar erhob sich und spendete Beifall. Er warf einen Blick auf Kleopatra. Ägyptens Königin nickte anerkennend: „Nicht schlecht für euch Römer“, sagte sie.

Cäsar winkte Numerius herbei: „Nicht schlecht, du hast es gehört. Immerhin. Aber wie konnte der junge, unbekannte Kerl gewinnen, beim Mars?“

Numerius zögerte. Mit weichen Knien gab er zu: „Ich weiß es nicht. Ich kenne ihn nicht einmal.“

„Dann war es der Wille der Götter. Und die Götter haben immer Recht.“

„Ja“, sagte der Rennleiter erleichtert. *„Ita diis placuit.“* Wie es den Göttern gefiel ...

Lösungen

Verlierer im heißen Staub

Liest man das Wort Suicillom rückwärts, erhält man Mollicius. Auf dem geheimnisvollen Pergament stand also der Name des Siegers vom ersten Rennen.

Verräterische Antworten

Gnaeus ist verdächtig. Er sprach davon, dass es nicht leicht sei, den Pferden etwas ins Wasser zu schütten. Dieses Detail hatten die Geschwister nicht erwähnt.

Ein Mann wird gejagt

Gnaeus flieht ins Pompeius-Theater.

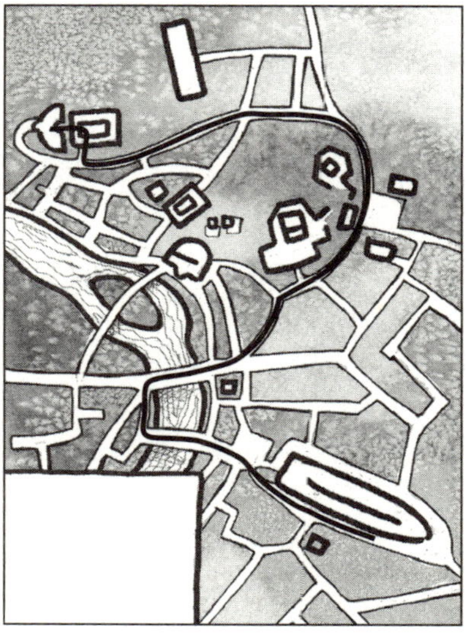

Böses Spiel im Theater

Die Schatten geben Aufschluss: Sie zeigen einen dicken Mann. Gnaeus war der einzige Dicke in der Schauspielergruppe.

Das rätselhafte Puzzle

In der Amphore war Baldrian.

Ein unheimlicher Auftritt

Flavius erwähnte „verschlüsselte Botschaften". Dass die Botschaft verschlüsselt war, hatte Quintus aber gar nicht erwähnt.

Eine Villa wird gestürmt

Flavius hat sich in einem der Weinfässer versteckt. Ein Stück seiner Tunika und seine Finger ragen unter dem Deckel hervor.

Der Überfall der Maskenmänner

Aulus verriet sich dadurch, dass er wusste, dass Scorpus am Knie verletzt wurde. Julia hatte aber lediglich von einer Verletzung gesprochen.

Glossar

Amphore: großes Tongefäß mit zwei Henkeln zum Lagern von Wein, Öl, Fischsoße u. a.

Atrium: Innenhof eines römischen Hauses

Augur: Priester, der göttliche Zeichen deutete

Ave: Sei gegrüßt!

Basilika: mehrschiffige Halle

Carceres: Ställe

Cauponae: Wirtshäuser

Diktator: Alleinherrscher mit uneingeschränkter Gewalt

Domus: Haus

Epos: älteste Form der epischen Dichtung (erzählende Dichtung in Versform)

Gerres: in Salzlake konservierte Fische

Janus: zweigesichtiger Gott allen Anfangs. Sein Heiligtum am Forum in Rom war in Kriegszeiten geöffnet, in Friedenszeiten geschlossen (das heißt, die Tore waren eher selten zu).

Jupiter: der „beste" und „größte" aller Götter der Römer

Lacerna: Mantel mit Kapuze

Laren: Hausgötter

Lavatrina: römisches, privates Bad

Legionär: Soldat

Liquamen: Fischsoße

Mappa: weißes Tuch, mit dem der Start eines Rennens eingeleitet wurde

Mars: Kriegsgott

Mercurius: Gott des Handels, als Götterbote dargestellt, mit geflügelten Schuhen und Flügelhut

Meta: Wendemarke beim Wagenrennen

Musculus: Mäuschen

Patrizier: Angehöriger des Adels, oberste Klasse der römischen Gesellschaft

Pompa: Festzug

Prandium: leichte Mahlzeit zwischen elf und zwölf Uhr

Quadriga: zweirädriger Rennwagen, vor den vier Pferde gespannt waren

Sesterz: römische Münze

Stola: Kleidungsstück der vornehmen Römerin. Das lange Stück Stoff wurde in der Taille befestigt und über die Schulter gelegt. Es war unten mit einem Purpurstreifen verziert.

Thermopolium: Garküche

Toga: Männerkleidungsstück. Ein großes, halbkreisförmiges Stück Stoff, das nur von römischen Bürgern getragen werden durfte.

Triclinium: Speisezimmer

Tunika: Kleidungsstück; zwei rechteckige Stoffstücke aus Wolle, die an den Seiten und auf den Schultern zusammengenäht wurden und Öffnungen für Beine und Arme freiließen. Die Tunika reichte bei Frauen bis zu den Waden hinab, die Männer trugen sie kürzer. Gewöhnlich hatte sie keine Ärmel.

Villa: Landgut, aber auch Ferien- oder Herrenhaus

Zenturio: bewährter Soldat, der eine Hundertschaft von Soldaten führen durfte

Zeittafel

100 v. Chr.	Julius Cäsar wird geboren.
60 v. Chr.	1. Triumvirat: Pompeius, Crassus und Cäsar
59 v. Chr.	Konsulat des Julius Cäsar
56 v. Chr.	Erneuerung des Triumvirats
55 v. Chr.	Provinzverteilung; Cäsar erhält Gallien, Pompeius Spanien und Crassus Syrien
53 v. Chr.	Niederlage und Tod des Crassus gegen die Parther
58–51 v. Chr.	Eroberung Galliens durch Cäsar
52 v. Chr.	Anarchie in Rom (Bandenkämpfe). Der Senat bestimmt Pompeius zum Konsul ohne Kollegen (sine collega) und fordert von Cäsar, dass dieser sein Amt niederlegt und sein Heer auflöst. Cäsar weigert sich.
7. 1. 49 v. Chr.	Der Senat beauftragt Pompeius, die Republik gegen Cäsar zu verteidigen.
49–46 v. Chr.	Bürgerkrieg gegen Pompeius. Cäsar überschreitet den Rubicon, erobert Rom und Italien.
9. 8. 48 v. Chr.	Niederlage der Pompejaner im griechischen Pharsalus
48–47 v. Chr.	Alexandrinischer Krieg (Ägypten). Cäsar siegt am Nil und setzt Kleopatra als Königin von Ägypten ein.
47 v. Chr.	Leichter Sieg Cäsars bei Zela (Kleinasien) (*veni, vidi, vici* = ich kam, sah, siegte).
46 v. Chr.	Sieg Cäsars bei Thapsus (Nordafrika) über weitere Verbände der Pompejaner.
45 v. Chr.	Cäsar wird Diktator auf Lebenszeit, Konsul auf zehn Jahre und Oberbefehlshaber des Heeres.
15. 3. 44 v. Chr.	Verschwörung von Senatoren unter Gaius Cassius und Marcus Junius Brutus. Cäsar wird erstochen.

Julius Cäsar und seine Zeit

Wer war Julius Cäsar?

Wie viele römische Adelige begann Julius Cäsar seine Laufbahn bei der Armee. Er diente im Ostteil der römischen Republik. Bei der Rückkehr nach Rom bekleidete er verschiedene politische Ämter, zum Beispiel das des obersten Finanzbeamten in Spanien. Später war er verantwortlich für das öffentliche Bauwesen, stand an der Spitze des Priesterkollegiums und wurde 59 v. Chr. Statthalter in Spanien. Schließlich wurde er in das höchste Amt gewählt – er wurde Konsul. Zusammen mit einem zweiten Konsul hatte er die Gewalt über Regierung und Armee.

Cäsar übernahm die Verwaltung der Provinzen in Norditalien und Gallien. Er beschloss, das römische Gebiet nicht nur besser abzusichern, sondern auch zu vergrößern. In zehn Jahren eroberte er ein riesiges Gebiet. Seine erfolgreichen Feldzüge brachten Cäsar viele Bewunderer, aber auch Neider ein. Sein Rivale Pompeius überredete 49 v. Chr. den Senat, Cäsar den Befehl zur Auflösung seiner Armee zu geben. Als dieser sich weigerte, kam es zum vierjährigen Bürgerkrieg, den Cäsar gewann. Cäsar war nun der mächtigste Mann in Rom, er wurde „Diktator auf Lebenszeit“. Damit war Rom keine Republik mehr, in der das Volk die Regierenden wählen konnte.

Bereits ein Jahr darauf verschworen sich 60 Senatoren unter der Leitung von Gaius Cassius und Marcus Junius Brutus gegen Cäsar und erstachen ihn am 15. März 44 v. Chr. vor dem Senat.

Die Wagenrennen

Im Circus Maximus fanden verschiedene Arten von Spielen statt: von Scheinkämpfen zu Pferd und Elefantenkämpfen bis zu akrobatischen Kunststücken galoppierender Reiter. Vor allem aber fanden die Wagenrennen statt, die mehr als irgendein anderes Schauspiel die Römer in ihren Bann zogen.

Diese Rennen waren so populär, weil sie als gesellschaftlicher Treffpunkt galten. Außerdem wurden zum Teil sehr hohe Wetten auf die Sieger abgeschlossen.

Doch auch Todesfälle gab es bei Wagenrennen immer wieder. Die Zuschauer erwarteten, dass die Fahrer beim Kampf um den Sieg Ernst machten. Deshalb starben manche Fahrer sehr früh – wie Tuscus nach 56 Siegen im Alter von 24 Jahren.

Manche Rennfahrer wurden berühmt und als Helden gefeiert. Die Anhänger des Fahrers Scorpus brachten Scorpus-Bilder zu den Rennen und schwenkten sie in der Luft. Erfolgreiche Wagenlenker konnten es zu einem Vermögen bringen. Der Fahrer Diocles wurde Millionär und ließ seine Laufbahn 146 n. Chr. an einem Steinmonument in Rom verewigen:

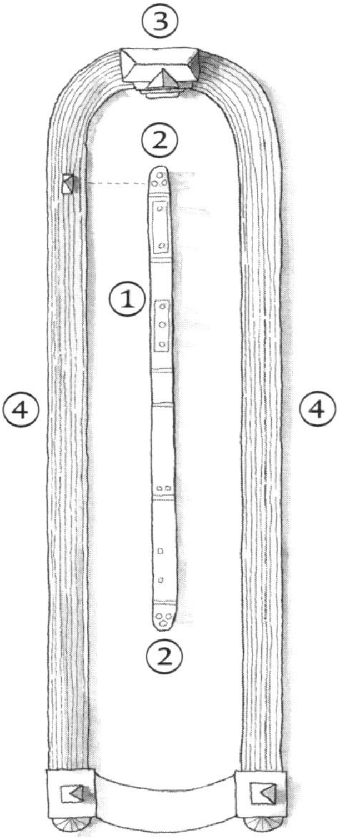

„Gaius Appuleius Diocles, Wagenlenker der Roten, Spanier von Geburt, 42 Jahre, 7 Monate und 23 Tage alt. Er fuhr 24 Jahre lang Wagenrennen, startete 4257-mal und siegte 1462-mal. Er führte neun seiner Pferde 100-mal und eines 200-mal zum Sieg.“

Circus Maximus

Länge der Rennbahn: ca. 590 Meter

Zuschauerplätze: ca. 150 000

① *Spina*

② *Meta (Wendemarke)*

③ *Carceres (Ställe), darüber Logen der Konsuln*

④ *Zuschauertribünen (3 Ränge)*

Die Verfassung der römischen Republik

Nach dem Ende der Ständekämpfe (287 v. Chr.) waren die Hauptbestandteile der Verfassung der römischen Republik der Senat, der Magistrat und die Volksversammlung.

Der Senat bestand aus 300 Mitgliedern. Er beriet über alle inneren und äußeren Angelegenheiten der Republik, die Gesetzesentwürfe des Magistrats und entschied über die Staatsausgaben.

Die Amtszeit der Magistratsbeamten war auf ein Jahr beschränkt. Um die Willkür eines Einzelnen zu vermeiden, wurde jedes Amt doppelt besetzt. Konsuln waren für die Kriegführung, das Finanzwesen und die Gerichtsbarkeit zuständig. Prätoren waren für die Rechtsprechung verantwortlich. Ädilen hatten die Polizeigewalt inne, und Quästoren waren für die Verwaltung der Staatskasse verantwortlich.

An der Volksversammlung durften nur Männer, freie römische Bürger, teilnehmen. Sie stimmten über die Gesetze ab, die der Magistrat vorgelegt und über die der Senat beraten hatte. Dieses gemeinsame Beschließen von Senat und Volksversammlung äußert sich in der Formel „Senatus Populusque Romanus" (Senat und Volk Roms), abgekürzt SPQR.

Indem Cäsar im Jahr 45 v. Chr. Diktator auf Lebenszeit wurde, wurde die über zwei Jahrhunderte bestehende Verfassung außer Kraft gesetzt.

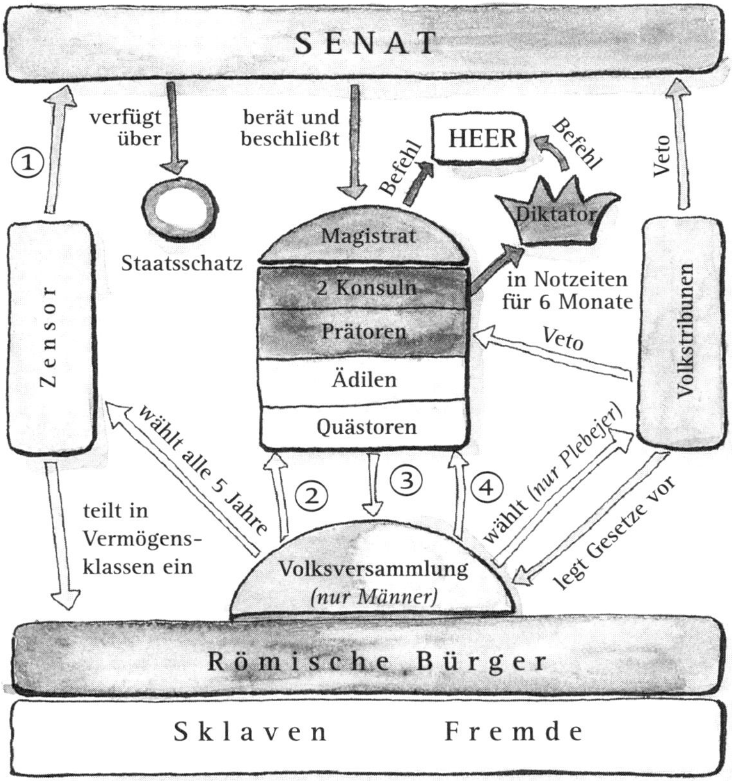

① ernennt/entlässt Senatoren
② wählt jährlich
③ legt Gesetze vor
④ bestätigt Gesetze

Renée Holler

Der Geheimbund der Skorpione

Illustrationen von Daniel Sohr

Inhalt

Eine geheimnisvolle Nachricht 131
Die Straße der Schuster 141
Auf heißer Spur 151
Gefährliches Pflaster 161
Rufus hat eine Idee 172
In der Villa gefangen 184
Überraschung im Tabularium 198
Überall Skorpione 208
Die Skorpione schlagen zu 219

Lösungen *230*
Glossar *232*
Zeittafel *236*
Das Leben im römischen Kaiserreich *238*
Rom zur Zeit von Kaiser Augustus *242*

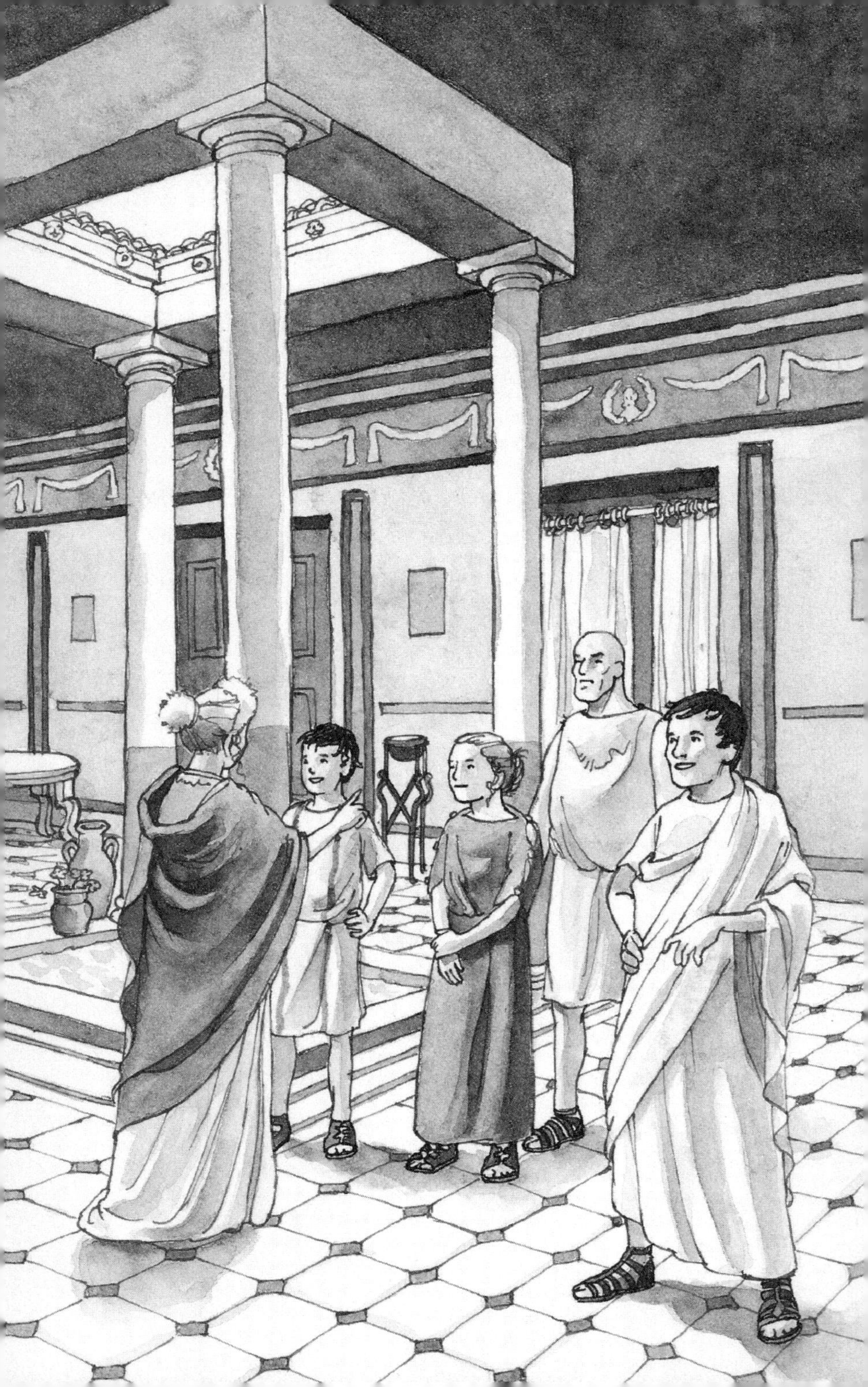

Eine geheimnisvolle Nachricht

„Dass ihr mir ja keine Dummheiten macht, während wir verreist sind“, mahnte Petronia ihre Kinder. „Corax, versprich mir, dass du gut auf die beiden aufpasst.“

„Da können Sie ganz unbesorgt sein, Herrin“, beschwichtigte sie der kräftige, breitschultrige Sklave.

„Ich weiß nicht recht“, erwiderte die Mutter und zog ihre Palla enger um die Schultern, „ich habe da so ein ungutes Gefühl. Jedes Mal, wenn euer Vater und ich aufs Land fahren, fürchte ich, dass irgendetwas Schreckliches passieren könnte.“

„Liebe Frau“, lachte Quintus Fabius Clemens. „Was soll Titus und Fabia schon zustoßen? Deine Sorgen sind völlig unbegründet. Wenn es nach dir ginge, dürften die Kinder ja nicht einmal in die Schule, bei all den Gefahren, die du hinter jeder Ecke siehst.“

„Aber du sagst doch immer selbst, wie gefährlich Rom sei und dass man nie wissen könne, welches Gesindel sich in den Straßen herumtreibt.“

„Ja, wenn es dunkel ist, ist sicher einiges los, und die Subura ist zu jeder Tageszeit gefährlich. Doch Titus und Fabia schlafen nachts hinter dicken Mauern tief und fest in ihren Betten. Und die Subura dürfen sie ohnehin nicht betreten."

„Trotzdem ...", wandte die Mutter ein.

„Petronia, ich bitte dich, reiß dich zusammen", Quintus Fabius Clemens wurde ungeduldig. Er gab den Sklaven, die mit den Kindern im Stadthaus zurückblieben, letzte Anweisungen.

„Na gut", seufzte die Mutter. „Vermutlich hast du Recht. Was soll schon passieren? Corax und die anderen Sklaven sind ja im Haus. Und natürlich dein Bruder, obwohl der zurzeit etwas außer Gefecht gesetzt ist."

Petronia küsste erst Fabia, dann Titus auf die Stirn. „Mögen die Götter euch beschützen."

„Komm, Petronia“, trieb Quintus Fabius seine Frau zur Eile an. „Jetzt ist es wirklich an der Zeit. In zehn bis 14 Tagen sind wir schon wieder zurück.“

Der Vater schritt auf die Haustür zu. Dann hielt er kurz inne. „Corax, jetzt fällt mir doch noch etwas ein. Sieh bitte morgen, wenn du die Kinder zur Schule gebracht hast, bei Senator Marcellus vorbei, und sag ihm, dass ich den Fall, den er mir angetragen hat, nach meiner Rückkehr gerne übernehme. – Sind die Pferde angespannt?“, fragte der Vater schließlich den Sklaven, der neben der Haustür wartete. „Na, dann kann es ja losgehen.“

Kurz darauf stiegen die Eltern in den Karren, der vor dem Haus stand. Die Mutter winkte noch ein letztes Mal, dann holperte das Gefährt die steile Straße hinab in die Dunkelheit der römischen Nacht. Apion, der Türsteher, schloss das Tor und verriegelte es von innen mit einem schweren Holzbalken.

„Mehr als eine Woche ohne Eltern, ist das nicht wunderbar?“, jubelte Fabia, sobald der Wagen außer Sichtweite war.

„Nur schade, dass Onkel Primus nicht auch mit ihnen fährt“, meinte Titus.

„Ach, Onkel Primus“, Fabia winkte ab. „Zum einen ist der wegen seiner Beinverletzung sowieso nicht mobil, zum anderen weißt du ja, wie einfach der sich um den Finger wickeln lässt." Sie klatschte aufgeregt in die Hände. „Wäre es nicht fabelhaft, wenn uns tatsächlich etwas Spannendes passieren würde?"

„Was soll uns schon passieren? Wir stehen jeden Tag vor Morgengrauen auf, gehen mit Corax brav zur Schule und lassen uns von Scribonius schikanieren." Beim Gedanken an den strengen Lehrer schüttelte sich Titus.

„Ich meine das doch ganz anders", erklärte Fabia ihrem Bruder. „Stell dir vor, wir erlebten ein richtiges Abenteuer! So wie die Geschichten, die uns Onkel Primus immer erzählt."

„Aber das sind doch Märchen", stellte Titus sachlich fest. Dann dachte er kurz nach, und seine Augen begannen zu funkeln. „Wäre allerdings nicht übel, wenn mal was los wäre. Genau, das ist es: ein Einbruch in Vaters Büro. Ein Verbrecher will wichtige Akten vernichten und stiehlt sich nachts in unsere Villa. Allerdings hat der Einbrecher nicht mit uns gerechnet, denn wir ertappen ihn auf frischer Tat und überliefern ihn den Ädilen."

„Ja", fantasierte Fabia begeistert weiter, „oder Onkel Primus wird entführt. Wir bekommen eine Nachricht geschickt, dass er, wenn wir nicht sofort 10 000

Sesterze Lösegeld auftreiben, sterben muss. Doch wir spüren das Versteck auf. Unter gefährlichen Umständen schleichen wir uns zu ihm, und selbstverständlich gelingt es uns, Onkel Primus zu befreien. Oder ..."

Doch der nächste Tag war alles andere als aufregend.

„Deine Abenteuer lassen auf sich warten", bemerkte Titus, als die Geschwister im Speisezimmer der Villa auf das Abendessen warteten.

„Dein Einbrecher auch! Aber ich habe eine andere Idee", Fabia beugte sich vor. „Warum legen wir uns nicht zum Essen wie Vater und Mutter auf die Liegen? Die Sklaven werden uns schon nicht verraten."

„Warum eigentlich nicht?" Titus war sofort bei der Sache. „Verstehe ohnehin nicht, warum wir uns wie Sklaven zum Essen auf einen Hocker setzen müssen."

Kurz darauf betrat eine Sklavin, ein volles Tablett in den Händen, den Raum. Erstaunt hielt sie einen Augenblick inne und betrachtete die Geschwister, die sich auf den gepolsterten Ruhelagern räkelten. Dann begann sie, kommentarlos die Speisen zu servieren.

„Hmm, das riecht aber gut, Plotia!" Titus leckte sich über die Lippen. „Was hat uns der Koch denn heute zu bieten?"

„Ein leichtes Abendmahl für die jungen Herrschaften“, antwortete die Sklavin, während sie die Gerichte auf dem Tisch zwischen den Liegen ausbreitete. „Oliven, Erbsenmus mit Fisch in Eiersoße, gefolgt von gefüllten Feigen in Honig.“

„Oh nein, nicht schon wieder Erbsenmus.“ Fabia verzog das Gesicht. „Das kann ich nicht ausstehen.“

„Ich bin pappsatt“, stöhnte Titus eine Stunde später genussvoll. „Wenn ich noch einen Bissen zu mir nehme, platze ich.“

„Hast du das gehört?“ Fabia setzte sich ruckartig von ihrem Ruhelager auf.

„Was?“

„Ich glaube, da hat jemand an der Haustür geklopft. Wer könnte das denn sein?“

Kurz darauf kam Apion ins Speisezimmer. Er hielt eine Schriftrolle in der Hand.

„Ein versiegeltes Schreiben für euren Vater“, erklärte er und blickte die Kinder ratlos an. „Der Herr Primus Fabius schläft bereits. Er hat mir strikte Anweisungen gegeben, ihn unter keinen Umständen zu wecken.“ Er hielt kurz inne. „Der Bote betonte, dass die Nachricht nur für Herrn Quintus Fabius bestimmt sei. Aber der Herr ist verreist ...“

Titus und Fabia schauten sich unschlüssig an.

„Wir könnten das Schreiben auf Vaters Schreibtisch legen und warten, bis er wieder von seiner Reise zurück ist. Was meinst du, Fabia?"

Fabia überlegte. „Auf keinen Fall. Das kann bis zu zwei Wochen dauern. Falls es sich um etwas Dringendes handelt, muss sofort gehandelt werden. Stell dir nur mal vor, es geht um wichtige Beweise in seinem neuen Fall! Was dann?"

„Onkel Primus weiß sicher, was in einem solchen Fall zu tun ist. Andererseits", Titus kratzte sich nachdenklich an der Schläfe, „wenn wir bis morgen Früh warten, ist es vielleicht schon zu spät ..."

„Um das herauszufinden", unterbrach Fabia ihren Bruder, „müssen wir das Schreiben lesen. Gib schon her, Apion. Danke, du kannst wieder gehen."

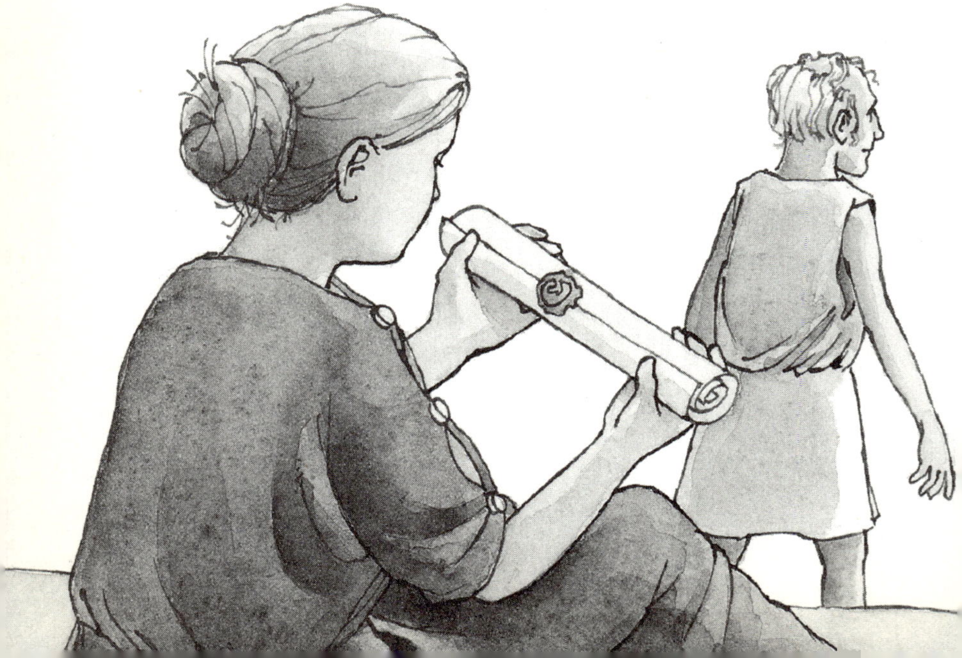

Fabia untersuchte die Schriftrolle. Auf dem Siegel war kein Eindruck zu erkennen. „Es bleibt uns nichts anderes übrig“, meinte sie schließlich, löste sorgfältig das Siegelwachs und rollte den Papyrus auf.

Titus blickte ihr neugierig über die Schulter. „Komische Nachricht“, stellte er fest.

Fabia runzelte die Stirn. „Sieht wie eine Fremdsprache aus.“

„Dann müssen wir wohl doch bis morgen Früh warten.“

„Nein, auf keinen Fall!“ Fabia wollte nicht so schnell aufgeben. „Was bedeutet eigentlich das A = Z und B = A in der Ecke?“

„Julius Cäsars Geheimschrift“, schrie Titus begeistert. „Genau, das muss es sein!“

„Cäsar? Aber der ist doch längst tot!“

„Onkel Primus hat mir erzählt“, erklärte Titus, „dass, wenn Julius Cäsar Botschaften verschickte, er diese verschlüsselte. Er wollte sichergehen, dass keine Spione von seinen Plänen erfuhren.“

„Und? Hat Onkel Primus dir auch erzählt, wie Cäsar dabei vorging?“ Fabia war ganz zappelig.

Titus überlegte. „Wenn ich mich richtig erinnere, ersetzte er einfach bestimmte Buchstaben des Alphabets durch andere Buchstaben.“

„Natürlich“, kombinierte Fabia aufgeregt. „Wenn A = Z und B = A, dann muss C = B sein. Das ist ja logisch!“

Und die Geschwister begannen, einen Buchstaben nach dem anderen zu entschlüsseln.

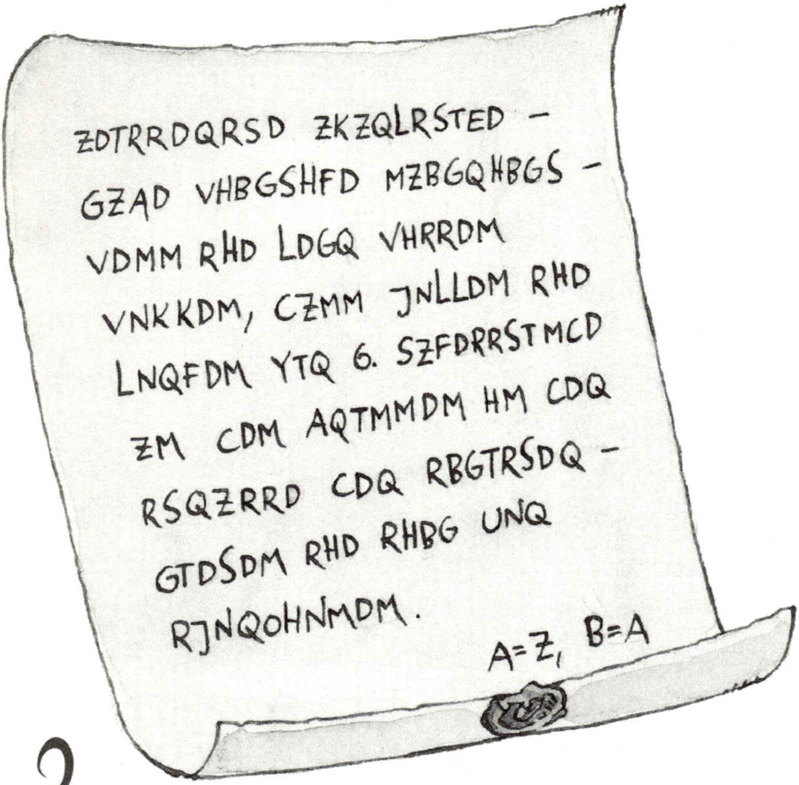

Wie lautet die Nachricht?

Die Strasse der Schuster

„‚Äußerste Alarmstufe.'" Fabia betrachtete den Text besorgt. „Und ausgerechnet jetzt ist Vater in Bovilae. Was sollen wir nur tun?"

„Wir könnten ihm eine Botschaft schicken."

„Bis die bei ihm ankommt, ist es zu spät. Selbst wenn der Kurier ein schnelles Pferd nimmt, dauert das viel zu lange." Fabia schüttelte energisch den Kopf. „Nein, wir müssen selbst etwas unternehmen."

„Und was?"

„Wir müssen herausfinden, was der Mann will."

„Na klar! Wir gehen zum Brunnen und fragen den Schreiber einfach, worum es sich handelt. Aber …", Titus hielt inne. „Wie sollen wir das hinkriegen, wenn wir in der Schule sind?"

„Das ist nun kein Problem. Die sechste Tagesstunde ist genau dann, wenn wir Mittagspause haben. Corax holt uns gewöhnlich erst nach der Schule ab, das heißt, wir können auf eigene Faust losziehen."

Der Morgen des nächsten Tages verging wie im Schneckentempo. Immer wieder wanderte Titus'

Blick zur Sonnenuhr auf der gegenüberliegenden Straßenseite. Was wollte der Mann? Und wieso warnte er den Vater vor Skorpionen?

„Titus Fabius!" Die strenge Stimme des Lehrers Scribonius riss ihn aus seinen Gedanken. „Da du dem Unterricht so aufmerksam beiwohnst, weißt du sicher die Antwort auf meine Frage."

„Sk... Sk... Skorpione", stotterte Titus.

Die Klassenkameraden kicherten.

„Du denkst wohl, du bist besonders witzig!" Scribonius zog Titus am Ohr. „Wie oft muss ich es wiederholen: Man soll im Unterricht aufpassen! Zur Strafe schreibst du diesen Satz hundert Mal." Und in seinen Bart murmelte er: „Irgendwann muss ich eine

Markise vor dem Klassenzimmer anbringen lassen, damit die Schüler sich nicht immer von der Straße ablenken lassen."

Endlich, die Mittagspause! Titus und Fabia, die sich sonst immer eine Kleinigkeit in der Taverne nebenan besorgten, ließen heute das Essen ausfallen. Stattdessen hasteten sie in Richtung Forum.

„Und du weißt wirklich, wo die Straße der Schuster liegt?" Fabia musterte ihren Bruder mit einem zweifelnden Blick.

„Ich sage es dir doch, sie zweigt vom Argiletum nach rechts ab."

„Und woher weißt du das so genau?"

„Das ist dort, wo die Buchhandlungen sind. Ich war da vor kurzem mit Vater, um ein neues Exemplar von Vergils Aeneis zu besorgen, und dabei sind mir die Schuhläden aufgefallen."

Die beiden eilten die Tuscusstraße entlang, die am Castor-und-Pollux-Tempel ins Forum Romanum einmündete. Es wimmelte von Menschen, die sich hier trafen, um Neuigkeiten auszutauschen oder den Rednern zu lauschen. Die Geschwister arbeiteten sich vorbei an den Stufen des Gerichtshofes, am Saturntempel und der Rednertribüne, an der besonders viel los war.

„Wenn das so weitergeht, kommen wir nie rechtzeitig zum Treffpunkt." Fabia benutzte ihre Ellbogen, um vorwärts zu kommen.

„Nur gut, dass Kaiser Augustus ein Gesetz erlassen hat, dass tagsüber keine Fahrzeuge durch Roms Straßen fahren dürfen. Stell dir nur vor, wie es wäre, wenn auch noch Pferdefuhrwerke und Eselskarren den Weg versperren würden!"

Endlich erreichten sie die andere Seite des Platzes. Oberhalb des Tabulariums glitzerten die Dächer des Jupitertempels in der Mittagssonne. An der nächsten Ecke bogen sie rechts ins Argiletum ein.

„Dort ist die Buchhandlung, in der ich mit Vater war." Titus deutete atemlos auf einen Laden, in dem Sklaven an niedrigen Tischen saßen. Vor sich hatten sie Papyrusrollen ausgebreitet, auf die sie Texte schrieben. „Jetzt müsste die Straße der Schuster eigentlich gleich kommen."

Und tatsächlich, an der nächsten Abzweigung konnte Fabia den ersten Laden, an dessen Vorderseite fertige Sandalen hingen, sehen. Hier reihte sich eine Schuhmacherwerkstatt an die andere.

„Da, der Brunnen!" Fabia zeigte die Straße hoch.

Ein Wasserstrahl plätscherte von einem Bleirohr in einen Trog. Außer einer jungen Frau, die gerade

einen Tonkrug mit Wasser füllte, war niemand in der Nähe des Brunnens zu sehen.

„Vielleicht ist es ja gar kein Mann, sondern eine Frau.“ Fabia ging auf die Frau zu. Doch als der Krug voll war, schwang diese ihn, ohne Fabia eines Blickes zu würdigen, auf den Kopf und verschwand in einem nahe gelegenen Hauseingang.

„Fehlanzeige! Vielleicht ist die Person, die wir suchen, noch gar nicht hier.“

Die Geschwister setzten sich auf den Brunnenrand. „Oder“, argwöhnte Fabia, „wir sind zu spät dran. Stell dir mal vor, man hat kein fließendes Wasser im Haus und muss sich jeden Tropfen vom Brunnen holen!“

„Darüber habe ich mir noch nie Gedanken gemacht. Oder hast du schon jemals einen Patriziersohn mit einem Wasserkrug auf dem Kopf gesehen?“

Die Zeit verging. Außer Frauen und Sklaven näherte sich niemand dem Brunnen.

„Vielleicht ist es der falsche Brunnen?"

„Nein." Titus schüttelte den Kopf. „Bestimmt nicht. Oder siehst du einen anderen? Aber ich habe eine Idee: Siehst du die Bäckerei da drüben?"

„Ja. Sag bloß, du kannst jetzt ans Essen denken?"

„Das auch, ja. Doch im Ernst, vielleicht hat der Bäcker jemanden gesehen. Wir könnten ihn fragen."

„Gute Idee, und gleichzeitig kaufen wir uns ein Stück Kuchen."

„Und wer denkt jetzt ans Essen?"

Die Geschwister überquerten die Straße und betraten die Bäckerei.

„Zwei Stück von dem Honigkuchen, bitte."

Der Bäcker reichte ihnen das Gebäck. „Drei Asse."

Titus kramte in dem Beutel, der an seinem Gürtel hing, und legte die Kupfermünzen auf die Theke. „Ach ja", erkundigte er sich ganz nebenbei. „Haben Sie zufällig einen Mann am Brunnen gesehen?"

„Ja, oder eine Frau", fiel ihm Fabia ins Wort. „Wir waren zur sechsten Stunde dort verabredet, aber niemand ist gekommen."

„Wenn ihr denkt, ich hätte nichts Besseres zu tun, als zu beobachten, was sich auf der Straße abspielt, dann täuscht ihr euch gewaltig", brummte der Bäcker unfreundlich. „Verschwindet, und zwar schnell!"

„Na, das war ja nicht besonders aufschlussreich", meinte Titus enttäuscht, als sie wieder auf der Straße standen. „Wenigstens schmeckt der Honigkuchen."

„Pssst!", hörten sie da jemanden flüstern. „Kommt hier um die Ecke! Ja, ihr beiden!"

Neben der Bäckerei, wo eine schmale Gasse den Hügel hinaufführte, stand ein Mädchen, das sie näher winkte. Die Geschwister folgten ihr.

„Ich habe gehört, dass ihr meinen Vater nach einem Mann am Brunnen gefragt habt. Vielleicht kann ich euch weiterhelfen."

„Hast du den Mann etwa gesehen?"

„Also, vor einer Weile, kurz bevor ihr gekommen seid, stand hier ein Mann. Er sah ziemlich nervös aus und blickte immer wieder um sich. Fast so, als hätte er vor irgendetwas Angst. Na, jedenfalls kam da eine Sänfte die Straße entlang. Ich dachte mir erst nichts weiter, hier kommen öfters Sänften vorbei. Und dann passierte alles blitzschnell. Zwei riesige Männer, die wie Gladiatoren aussahen, packten den Mann. Er wehrte sich, hatte aber gegen die beiden Kolosse keine Chance. Sie zogen ihn in die Sänfte, und Träger und Gladiatoren waren, so schnell sie gekommen sind, auch wieder verschwunden."

Fabia starrte das Mädchen mit offenem Mund an.

„Hast du erkennen können, wer in der Sänfte saß?", fragte Titus.

„Nein, die Vorhänge waren zugezogen. Es war eine ganz gewöhnliche Sänfte. Das heißt ..." Sie dachte nach. „Der Vorhang war mit kleinen Tieren bestickt. Jetzt fällt mir der Name nicht mehr ein. Wie heißen die nur? Giftige Tiere mit einem Stachel am Schwanz."

„Skorpione?", schlug Titus vor.

„Genau!" Sie nickte aufgeregt. „Ach ja, und kurz bevor die Sänfte ankam, kritzelte der Mann etwas auf die Mauer hinter dem Brunnen."

„Ämilia!“, rief da die strenge Stimme des Bäckers. „Wo bist du denn schon wieder? Komm sofort her! Ich brauche dich im Laden.“

„Ich muss gehen“, sagte das Mädchen leise und sauste eilig um die Ecke zurück in die Bäckerei.

Fabia ging auf die Mauer zu. „Hier steht aber viel. Warum die Leute auch immer alle Wände voll schmieren müssen. Komm, hilf mir suchen! Vielleicht hat der Mann ja eine Nachricht hinterlassen.“

Und die beiden Detektive begannen, die Wandkritzeleien genauer zu untersuchen.

? *Welche der Wandkritzeleien ist die des Mannes?*

Auf heisser Spur

„In die Subura? Nein, Titus, auf gar keinen Fall“, widersprach Fabia ihrem Bruder, als sie später im Garten der Villa beredeten, wie es weitergehen sollte. „Selbst wenn man einem Überfall entgeht, besteht immer noch die Gefahr, dass man sich in den verwinkelten Gassen zwischen den Mietshäusern verirrt und niemals wieder herausfindet.“

„Mit Corax als Leibwächter würde uns nichts passieren.“

„Nein.“ Fabia blieb hart. „Außerdem“, gab sie zu bedenken, „wer sagt denn, dass dieser Giton wirklich etwas weiß? Ich finde, wir sollten lieber den Boten finden, der das Schreiben überbracht hat. Vielleicht kann der uns weiterhelfen.“

„Gute Idee. Und wie willst du vorgehen?“

„Na, wir fragen Apion.“

„Auf was warten wir dann noch?“

Die beiden stürmten durch das Atrium zum Eingang des Hauses. Apion hockte auf einem Schemel neben dem Tor und döste vor sich hin.

„Apion!“, rief Fabia. „Du musst uns helfen!“

Der Mann schoss verwirrt hoch. Sein Hocker

krachte polternd zu Boden. Blitzschnell zog er seinen Dolch und schwenkte ihn drohend in der Luft.

„Was, wo?“, schrie er und fuchtelte wild um sich.

„Ist schon gut, Apion“, beruhigte ihn Titus. „Wir wollen dich nur etwas fragen.“

„Na, ihr habt mich aber erschreckt. Ich dachte schon, ein Einbrecher sei im Haus.“ Er schob seinen Dolch zurück in die Scheide. „Und was wünscht ihr?“

„Gestern Abend kam doch das Schreiben für unseren Vater an“, erklärte Titus. „Wir wollen wissen, ob du dich an den Boten erinnern kannst. Wer war es? Wie sah er aus?“

„Es war dieser Junge von den Thermen.“

„Welcher Junge?“

„Ein Junge, der sich immer im Agrippa-Bad herumtreibt. Er erledigt alle möglichen Botengänge und Besorgungen für die Badegäste oder bewacht auch manchmal die Fächer im Umkleideraum.“

„Kannst du ihn genauer beschreiben?“

„Er ist etwa so alt wie du, junger Herr Titus. Schaut ziemlich mager aus und hat abstehende Ohren. Ach ja, seine Haare sind feuerrot.“

„Danke, Apion“, strahlte Fabia, während sie aufgeregt von einem Bein aufs andere hüpfte. „Mit dieser Beschreibung können wir ihn sicher finden.“

„Werde *ich* ihn sicher finden.“ Titus grinste. „Es sei denn, du bestehst darauf, mit ins Männerbad zu kommen.“

„Das ist nicht fair“, beschwerte sich Fabia. „Aber du hast Recht. Er wird sich wohl kaum im Frauenbad herumtreiben.“

Die heiße Luft, die Titus am Eingang des Dampfbades entgegenschlug, raubte ihm fast den Atem.

„Eine Hitze wie im Backofen“, keuchte er und wischte sich die Schweißperlen von der Stirn. Vor lauter Dampf konnte er zunächst gar nichts sehen. Erst als er seine Augen so richtig anstrengte, gelang es ihm, die Umrisse mehrerer Gestalten wahrzunehmen: Marmorstatuen in den Nischen und Männer, die sich behaglich auf den Steinbänken am Rande des Raumes entspannten.

„Kannst du hier einen rothaarigen Jungen sehen, Corax?“

Der Sklave schüttelte den Kopf. „Vielleicht im Caldarium“, vermutete er.

Die beiden traten durch eine Tür in den nächsten Raum.

„Wenigstens kann man hier die Leute deutlich erkennen“, murmelte Titus und sah sich um. Obwohl es immer noch heiß war, schienen die Temperaturen hier erträglicher zu sein. Durch die Oberlichter in der Kuppel fiel helles Licht, das sich im runden Wasserbecken spiegelte. Überall rieben geschäftige Sklaven ihre Herren mit Öl ein oder schabten Schweiß und Schmutz mit dem Strigil von deren Körpern ab.

„Dort!“ Corax packte Titus an der Schulter. Er deutete auf die Tür, die ins Tepidarium führte. Titus sah gerade noch einen roten Haarschopf verschwinden. Sofort nahm er die Verfolgung auf.

„Wenn das nicht der junge Titus Fabius ist“, verkündete in diesem Moment eine laute Stimme.

Titus drehte sich um. Im Warmwasserbecken unter ihm lehnte Senator Marcellus lässig am Beckenrand. „Der Sohn des berühmten Anwalts Quintus Fabius Clemens“, erklärte er einem dicken Mann, der neben ihm im Wasser plätscherte.

Titus wollte weitergehen. Er durfte den rothaarigen Jungen auf keinen Fall verlieren.

„Nicht so eilig, junger Mann“, lächelte der Senator. „Lass mich dich einem Freund von mir vorstellen, dem ehrenwerten Quästor Marius Jucundus.“

Titus begrüßte den Mann, der ihm freundlich zunickte. Jetzt nur nicht in eine Unterhaltung verwickelt werden, dachte er.

„Wir sprechen gerade über unsere Kolonien in Germanien“, fuhr der Senator fort. „Ist dein Onkel eigentlich immer noch dort stationiert?“

„Onkel Primus? Ja, das heißt nein. Er hat sich in einer Schlacht verletzt und ist deswegen auf Heimaturlaub in Rom. Sobald seine Wunde verheilt ist, wird er wieder in den Norden ziehen. Er ist Offizier in einer der Legionen, die Varus unterstehen."

„Na, welch ein Zufall!" Die kleinen Schweinsäuglein des Quästors leuchteten auf. „Ich bin zuständig für den Sold von Varus' Truppen, der nächste Woche hochgeschickt werden soll." Er wandte sich an den Senator. „Wie immer unter strenger Aufsicht, versteht sich. Man kann ja heutzutage nie sicher genug gehen. Auch wenn wir die besten Straßenbauer der Welt sind, so wimmelt es auf diesen Straßen nur so von gefährlichen Räubern und Banditen."

Senator Marcellus nickte zustimmend. „Werden die Gehälter der Legionen eigentlich immer noch zusammen mit dem Staatsschatz im Saturntempel aufbewahrt?"

„Normalerweise schon. Hier handelt es sich jedoch um eine Ausnahme. Wir lagern das Geld im Portunustempel am Forum Boarium."

„Und wieso das? Im Tempel am Viehmarkt?"

„Der Saturntempel wird gerade renoviert. Erst kürzlich hat es dort gebrannt. Außerdem liegt der Portunustempel äußerst günstig in der Nähe des Tiberhafens. Da das Geld die erste Strecke der Reise auf dem Wasser zurücklegt, ist es praktischer, es vom Viehmarkt aus in einen Lastkahn umzulagern."

Titus trat von einem Bein aufs andere. Ihn langweilte die Unterhaltung der beiden Männer. Ungeduldig blickte er im Raum umher. Der Junge war nirgends zu sehen. So ein Mist, jetzt hatte er ihn doch verloren. Schließlich gelang es ihm, sich loszueisen.

„Komm, Corax“, flüsterte er dem Sklaven zu. „Vielleicht ist er ja im Kaltwasserbecken.“

Und tatsächlich, in der Halle nebenan konnte Titus einen roten Haarschopf unter dem Wasser erkennen. Blitzschnell sprang er ins eiskalte Becken und wartete, bis der Junge neben ihm auftauchte.

„Hallo?“ Er tippte ihm auf die Schulter. Die Person drehte sich langsam um und wischte sich die nassen Haare aus dem Gesicht.

„Ja?“

Titus schnappte nach Luft. Der Taucher war gar kein Junge, sondern ein Mann mit rotem Bart.

„Entschuldigung“, murmelte Titus verlegen und stieg triefend aus dem Becken. Er wickelte sich in sein Handtuch und ging enttäuscht zurück in den Umkleideraum.

„Wenn du vorhast, irgendetwas zu klauen, dann bist du an der falschen Stelle“, sagte da eine forsche, helle Stimme. „Ich bin hier die Aufsicht.“

Titus drehte sich erstaunt um. Auf dem Boden in der Ecke hockte ein Junge mit struppigen feuerroten Haaren und unzähligen Sommersprossen.

„Ich glaube“, bemerkte Titus, „du bist genau der, den ich suche: Rufus?“

„Und was ist, wenn ich der bin?“ Der Junge schaute ihn herausfordernd an.

„Ich bin Titus Fabius“, stellte sich Titus vor. „Hast du vorgestern Abend eine Botschaft auf den Quirinal-Hügel gebracht?“

„Nein. Das weiß ich genau. Das war am Montag. Da musste ich meiner Mutter helfen und hatte ganz bestimmt keine Zeit, Botengänge zu erledigen oder durchs nächtliche Rom zu spazieren“, antwortete der Junge schlagfertig.

„Bist du dir da ganz sicher?“

„Hundertprozentig. Ich weiß doch nicht mal, wo Quintus Fabius Clemens wohnt. Wie kann ich ihm da ein Schreiben überbringen? Muss wohl ein anderer Botenjunge gewesen sein."

Da hat sich Apion wohl doch geirrt, dachte Titus enttäuscht. Dann begann er zu überlegen.

„Nein", erwiderte er. „Du lügst! Du warst Montagabend dort."

Der Junge schüttelte heftig den Kopf. „Ich schwöre dir bei Jupiter, dass ich die Wahrheit sage. Ich war am Montag nicht auf dem Quirinal. Wenn du mir nicht glaubst, kannst du meine Mutter fragen."

Doch Titus wusste genau, dass Rufus log.

Weshalb ist sich Titus so sicher, dass Rufus lügt?

Gefährliches Pflaster

Onkel Primus saß im Schatten der Arkaden auf einem Korbstuhl, das verletzte Bein auf einem Hocker vor sich ausgestreckt. Er war so sehr in die Lektüre einer Buchrolle vertieft, dass er Fabia zunächst nicht bemerkte. Erst als sie sich deutlich räusperte, blickte Onkel Primus auf.

„Ah, meine Lieblingsnichte kommt ihren armen, kranken Onkel besuchen“, sagte er schmunzelnd.

„Wie geht es deinem Bein?“, erkundigte sich Fabia. „Tut es immer noch weh?“

„Danke der Nachfrage. Es ist schon viel besser. Der Doktor sagt, der Knochen würde gut heilen. Allerdings meint er, es würde noch eine Weile dauern, bis ich wieder richtig laufen kann.“

„Ich wollte dich etwas fragen, Onkel“, kam Fabia gleich zur Sache. „Sind dir auf deinen Reisen je Skorpione begegnet?“

„Skorpione? Hast du noch nie welche gesehen?“

„Doch, letztes Jahr entdeckte Titus einen winzigen Skorpion unter einem Stein. Aber der krabbelte ganz schnell davon. Sind sie gefährlich?“

„Nein.“ Onkel Primus lachte. „Die fürchten sich vor uns. Nur in Afrika gibt es Riesenskorpione, die auch für Menschen tödlich sein können. Ich kann mich noch gut erinnern, wie es war, als einer meiner Soldaten dort von einem Skorpion gestochen wurde. Der Mann bekam hohes Fieber und lag wochenlang im Delirium. Diesen Tieren geht man besser aus dem Weg.“

„Hüte dich vor Skorpionen“, murmelte Fabia leise.

„Kennst du die Geschichte von Orion?“

Fabia schüttelte den Kopf.

„In manchen Gegenden Griechenlands erzählt man sich, dass Orion, ein Sterblicher, einst in Liebe zu einer Göttin entbrannt war. Die Jagdgöttin Artemis konnte dies nicht ertragen und schickte ihm aus Rache einen Skorpion. Das Tier stach zu und tötete Orion mit seinem giftigen Stachel. Zeus, der Gott, den wir Jupiter nennen, hatte Mitleid mit ihm und warf Orion und den Skorpion als Sternbilder in den Himmel, wo sie heute noch zu sehen sind.“ Der Onkel gähnte. „Der Kräutertee, den mir der Doktor gegen die Schmerzen verschrieben hat, macht mich schrecklich müde. Wo waren wir stehen geblieben? Ach ja, bei den Skorpionen. Da gibt es auch noch die ägyptische Göttin Isis. Manche Leute glauben, sie würde sich mit sieben Skorpionen vor dem Gott Seth, der ihren Bruder ermordete, schützen ..."

Onkel Primus' Stimme wurde immer schleppender, seine Augen fielen zu. Sorgfältig deckte Fabia ihn zu und schlich auf Zehenspitzen zurück in ihr Zimmer.

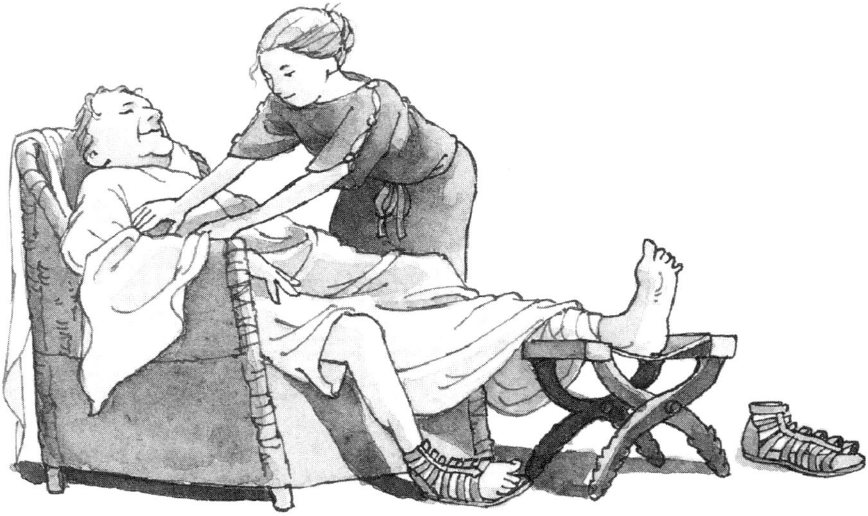

„Das ist Rufus", stellte Titus den Botenjungen seiner Schwester vor, als er nach seinem Besuch im Bad wieder nach Hause zurückgekehrt war.

„Und?" Fabia schaute den rothaarigen Jungen erwartungsvoll an. „Wer war der Mann, der dir die Botschaft gegeben hat?"

Rufus zuckte mit den Schultern. „Keine Ahnung. Habe ihn noch nie vorher gesehen."

„Wie – das ist alles?“ Sie musterte die beiden Jungen enttäuscht.

„Ein bisschen weiter sind wir schon gekommen. Rufus wohnt nämlich in der Subura“, verkündete Titus. „Er weiß, wo das Mietshaus des Antonius steht!“

„Willst du etwa in die Subura gehen?“

„Bleibt uns doch gar nichts anderes übrig.“

„Vielleicht hast du Recht“, überlegte Fabia. „Obwohl ich diesen Plan für verrückt halte. Und du“, wandte sie sich an Rufus, „kennst dich dort aus?“

„Klar doch. Die Insula, die ihr sucht, liegt ganz in der Nähe von dem Haus, in dem ich wohne.“

„Na, auf was warten wir dann noch? Lasst uns losziehen.“ Fabias Abenteuerlust siegte.

Corax räusperte sich. „Euer Herr Vater hat mir strikt verboten, mit euch in die Subura zu gehen.“

„Vater ist meilenweit entfernt in Bovilae. Der muss es doch gar nicht erfahren. Außerdem liegt es ja in seinem Interesse, dass wir mehr über diese Angelegenheit herausfinden.“

„Ist dieser Koloss eigentlich immer bei euch?“ Rufus musterte den Sklaven, dem eine hässliche Narbe quer über die Wange lief, misstrauisch.

Titus nickte. „Ja, das ist Corax. Und du, hast du keine Sklaven?“

„Ich?“ Rufus lachte. „Meinst du das im Ernst? Was denkst du eigentlich, wie viel Sklaven kosten? Das können wir uns nicht leisten. Euer Corax wird sich aber sicher als nützlich erweisen. Es kann nie schaden, einen Leibwächter zu haben. Besonders in der Subura.“

„Vorsicht!“ Rufus packte Fabia am Arm und zog sie in einen Hauseingang. Mit lautem Krachen landete ein Blumentopf auf dem Straßenpflaster, genau an der Stelle, von der sie nur kurz zuvor die Hochhäuser bestaunt hatte. Wie versteinert starrte Fabia auf den Scherbenhaufen.

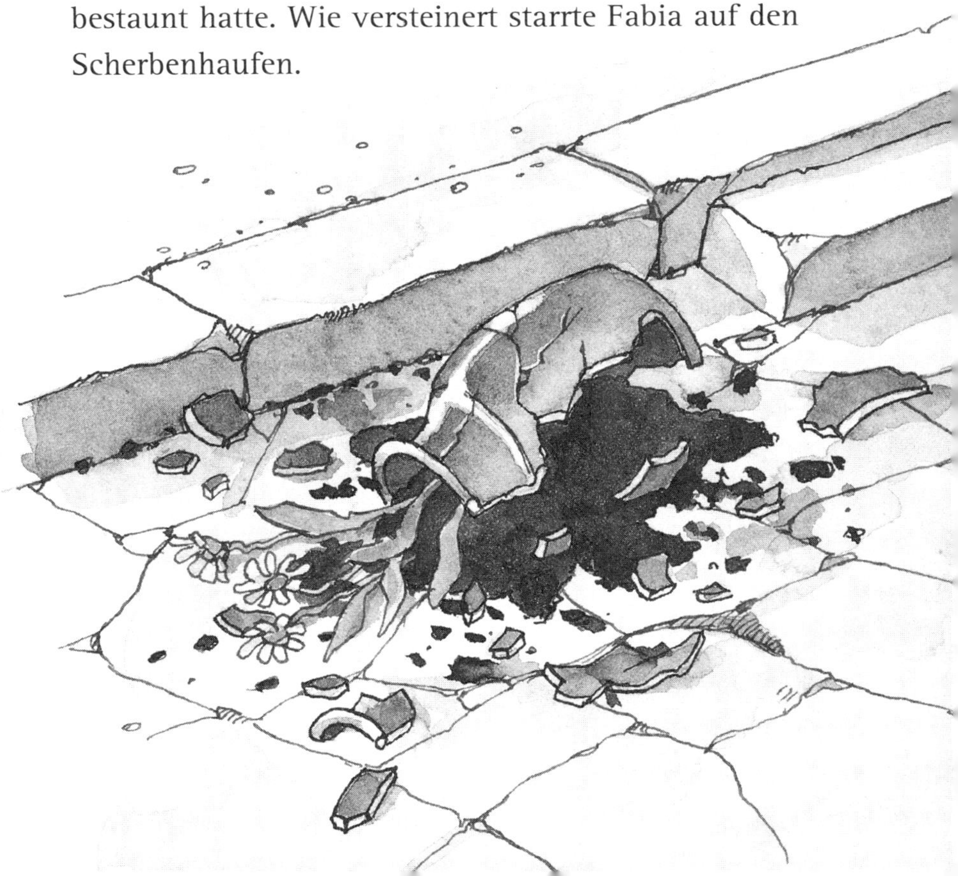

„Das ist ja gerade nochmal gut gegangen.“ Titus atmete erleichtert auf.

„Passiert öfters hier“, erklärte Rufus den Geschwistern. „Doch besser ein Blumentopf als ein voller Nachttopf.“

Sie folgten Rufus in eine schmale Gasse, die zwischen zwei hohen Mietshäusern entlangführte.

„Eine Abkürzung“, grinste der Botenjunge, als er die ängstlichen Blicke der Geschwister sah. Er bog nach links ab und führte sie einige Stufen hoch durch einen schmalen Durchgang, bis er schließlich vor einem Trümmerhaufen stehen blieb. „Da müssen wir drüber.“

„Was ist denn hier passiert?“, schnaufte Titus, der sich dicht an Rufus' Fersen heftete.

„Hier stand vor einigen Wochen noch ein Haus. Ist eingestürzt.“

„Herabfallende Blumentöpfe, Nachttöpfe, einstürzende Häuser. Sonst noch etwas?“ Fabia schaute Rufus fragend an.

„Ja, ab und zu brennt ein Haus auch nieder. Wenn Mieter heimlich in ihrer Wohnung kochen.“

„Und wieso sollen die Leute denn nicht kochen?“

„Wegen der Brandgefahr ist es verboten, in den Wohnungen Feuer zu machen. Deswegen gibt es hier ja so viele Tavernen und Imbissstuben. Wer hungrig ist, kauft sich einfach einen Teller Linsensuppe mit Brot und isst sie am Straßenrand."

Auf der anderen Seite der Ruine stießen die Detektive auf eine breitere Straße mit zahlreichen Läden.

„Dort." Rufus deutete auf ein Mietshaus. „Das Haus des Antonius."

Titus blickte die Hauswand hoch. „Jetzt müssen wir nur noch herausfinden, in welchem der sechs Stockwerke der Mann wohnt."

„Brauchen wir nicht." Fabia ging zielstrebig auf eine der Werkstätten zu, die sich im Parterre zur Straße hin öffneten. „Siehst du die Marmorblöcke vor dem Laden? Giton ist doch Steinmetz!"

Vor lauter Statuen konnten sie den Mann, der gerade dabei war, einen Steinblock mit Hammer und Meißel zu bearbeiten, zuerst nicht sehen. Fabia stieg vorsichtig über die winzigen Steinsplitter, die auf dem Boden lagen. Der Steinmetz blickte auf.

„Bin beschäftigt", knurrte er und rieb sich den Schweiß von der Stirn.

„Sind Sie Giton?"

Der Mann nickte. „Wer will das wissen?"

„Was wissen Sie über Skorpione?", fiel Titus gleich mit der Tür ins Haus.

Der Mann ließ den Hammer auf den Boden fallen und starrte seine Besucher mit weit aufgerissenen Augen an.

„Skorpione? Ich habe noch nie etwas von Skorpionen gehört."

Corax, der hinter Titus stand, verschränkte seine Arme und musterte den Mann mit einem grimmigen Blick.

„Mein Sklave ist übrigens ein ehemaliger Gladiator, er ist berühmt für seine Kampfeslust."

„Ach ja?" Die Hand des Steinmetz zitterte, als er seinen Hammer vom Boden aufhob.

„Wissen Sie immer noch nichts über Skorpione?"

Der Mann überlegte. Sein Blick schwankte zwischen Corax und Titus hin und her. „Wenn ich so recht überlege, dann weiß ich vielleicht doch etwas."

„Na, dann schießen Sie mal los."

„Vor einigen Wochen arbeitete ich in der Villa einer gewissen Calpurnia Felix, einer reichen Witwe, die am Palatin wohnt. Ich fertigte eine Statue für ihr Speisezimmer an. Statilius, ein Maler, hat zufällig zur gleichen Zeit auch dort gearbeitet. Calpurnia Felix wollte an den Wänden ihrer Bibliothek neue Fresken und stellte ihn ein. Eines Tages erzählte Statilius mir, dass er während der Arbeit etwas äußerst Wichtiges herausgefunden habe."

„Und, was war das?", fragte Titus neugierig.

„Wenn ich das nur wüsste!" Der Steinmetz zuckte mit den Schultern. „Alles, was er mir verriet, war, dass eine gefährliche Verbrecherbande, die sich ‚Skorpione' nennt, angeblich einen Riesencoup plant. Er hatte Angst und wollte einen Anwalt einschalten. Und dann ist er plötzlich spurlos verschwunden. Ach ja, er hat mir vorher noch dies hier gegeben." Giton lockerte einen Stein in der Wand und zog ein zusammengefaltetes Papier aus dem Loch hervor.

Die Detektive studierten das Dokument.

„Sieht wie der Plan eines riesigen Hauses aus", stellte Fabia fest.

„Ja", erwiderte der Steinmetz. „Es ist der Plan von Calpurnias Villa."

„Vielleicht wollte Statilius markieren, wo er seine Entdeckung gemacht hat", überlegte Rufus.

„Es war in der Bibliothek. Das weiß ich noch."

„Und wo ist die Bibliothek auf dem Plan?"

Der Mann betrachtete die Zeichnung und runzelte die Stirn. „Keine Ahnung. Ich kann euch die Lage nur beschreiben. Wenn man das Haus durch den Haupteingang betritt, muss man die dritte Tür rechts nehmen. Ein kleines Durchgangszimmer führt in einen winzigen Säulenhof. Dort biegt man nach links ab, geht durch einen schmalen Korridor, bis man zum Peristyl kommt. Durch die erste Tür rechts gelangt man von dort in einen Gang, der nach links durchs Sklavenquartier führt. Nach der Küche, das ist die vierte Tür, biegt man rechts in einen Raum ein. Wenn man dieses Zimmer wieder durch die zweite Tür verlässt, gelangt man in einen Raum, der rechts auf einen langen Korridor hinausführt. Dort sind sechs Türen. Die Bibliothek befindet sich hinter der fünften Tür von rechts."

Fabia verfolgte die Hinweise Gitons auf dem Plan.

„Ich weiß, wo die Bibliothek liegt", verkündete sie und deutete auf den Plan.

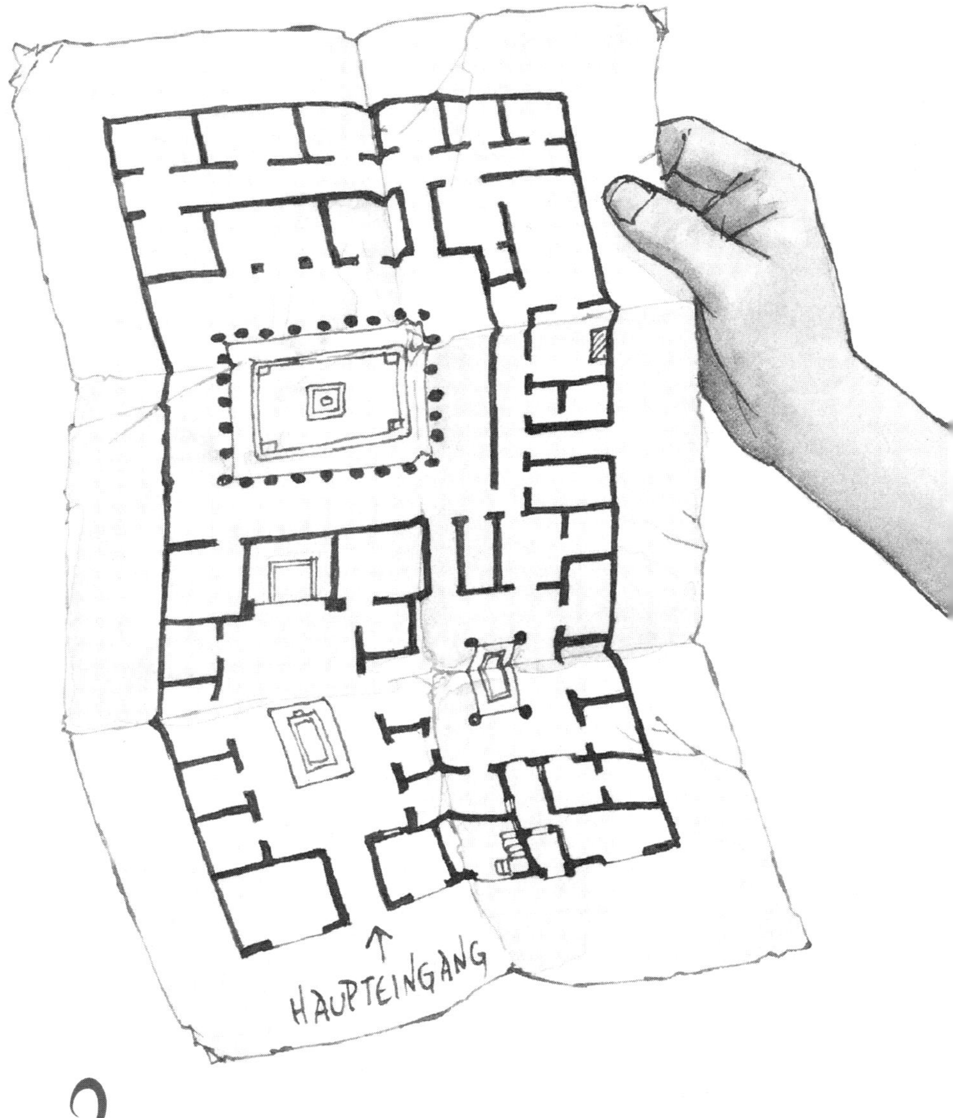

? *Welcher Raum ist die Bibliothek der Calpurnia Felix?*

Rufus hat eine Idee

„Die nächste Runde gewinne ich!“ Titus türmte vier Nüsse zu einem Haufen, kniete sich an die Abschusslinie und zielte mit einer fünften Nuss Richtung Nussturm.

„Das gibt es doch nicht! Schon wieder daneben. Was ist denn heute nur los mit mir?“

„Dir spuken vermutlich Skorpione im Kopf herum“, meinte Fabia, während sie ihre Nuss auf den Turm zuschnippte. „Volltreffer!“

Titus ignorierte seine jubelnde Schwester. „Ja“, erwiderte er nachdenklich. „Die Skorpione und die Bibliothek in der Villa am Palatin. Ich möchte nur wissen, was Statilius, der Maler, dort entdeckt hat. Wenn wir nur irgendwie in die Villa gelangen könnten.“

Er wollte gerade ein neues Nusstürmchen aufrichten, als er Schritte vom Säulengang herkommen hörte. Es war Apion.

„Verzeihung“, verkündete er. „Der Junge vom Agrippa-Bad wartet im Atrium. Er behauptet, es sei äußerst wichtig. Soll ich ihn hereinlassen?“

Doch Rufus hatte keine Zeit, im Atrium zu warten.

Er kam gleich hinter Apion in den Garten gestürzt. Aufgeregt schwenkte er eine Wachstafel in der Hand.

„Ein Mann in den Thermen hat mir eine Nachricht für Calpurnia Felix gegeben."

„Und?", wollte Fabia wissen. „Worum geht es?"

„Keine Ahnung." Der Botenjunge zuckte mit den Schultern.

„Hast du sie denn nicht gelesen?"

Er schüttelte verlegen den Kopf. „Ich kann nur meinen Namen entziffern. Buchstabieren kann ich ihn auch", fügte er stolz hinzu. „R – U – F – U – S."

„Gib schon her!" Titus riss ihm die Tafel ungeduldig aus der Hand. „Die ist ja nicht mal versiegelt. Das bedeutet, dass es sich um nichts Besonderes handeln kann."

Er klappte die Tafel auf und las den Text langsam vor.

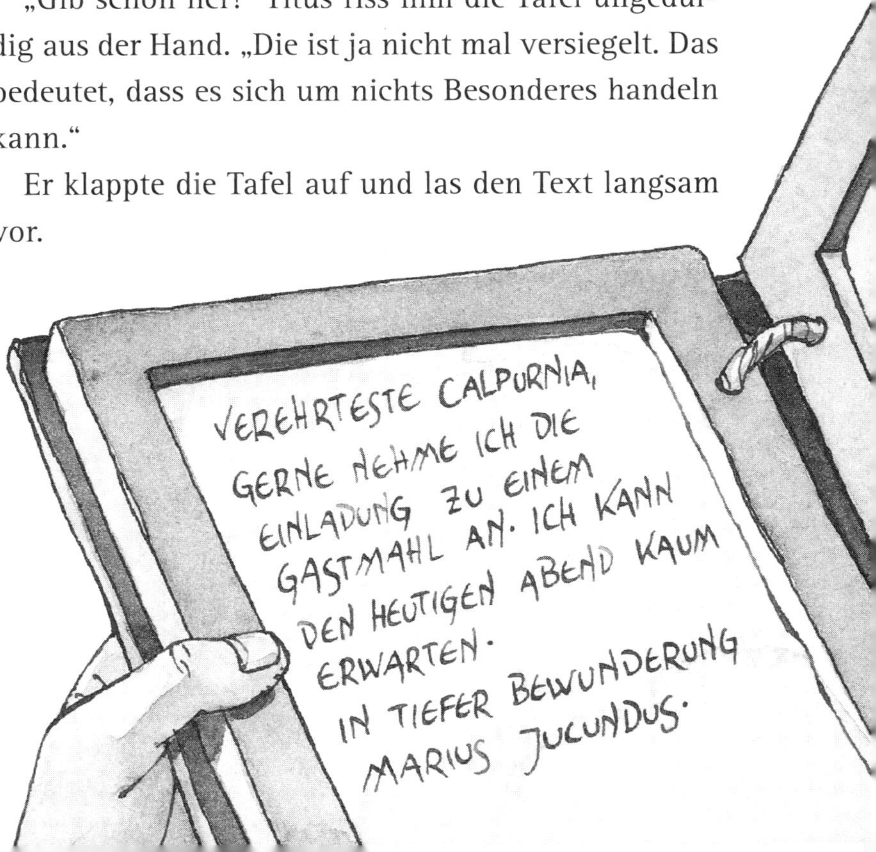

„Eine Einladung.“ Fabia war enttäuscht.

„Moment mal.“ Rufus’ Ohren glühten vor Aufregung. „Ich habe da eine Idee. Bei großen Einladungen ist immer viel los.“

„Na und?“ Titus musterte Rufus fragend.

„Verstehst du nicht? Dort trifft man nicht nur den Gastgeber und seine Gäste, sondern auch deren Sklaven, Leibwächter und Träger. In einer Villa am Palatin wimmelt es von Menschen.“

„Stimmt!“ Fabia begriff sofort, was Rufus sagen wollte. „Da servieren Sklaven köstliche Speisen, da gibt es Vorstellungen, bei denen Schausteller ihre Künste darbieten, da führen Tänzerinnen exotische Tänze vor ...“

„Ist ja schon gut“, unterbrach Titus die Ausführungen seiner Schwester. „Vielleicht könntet ihr mich aufklären?“

„Was Rufus sagen will“, erklärte Fabia, „ist, dass während eines Gastmahls ein oder zwei Personen mehr im Haushalt nicht auffallen.“

„Genau!“ Rufus klatschte begeistert in die Hände. „Du und Fabia, ihr verkleidet euch als Sklaven und schleicht euch durch den Hintereingang in die Villa.“

Titus starrte den Jungen entsetzt an.

„Und wenn ihr dann erst in der Villa seid, könnt

ihr in die Bibliothek gehen und nachsehen, was dort Geheimnisvolles versteckt ist."

„Du bist ein Genie! Aber wieso kommst du nicht mit?"

„Ich glaube, es ist besser, wenn jemand vor der Villa Wache steht. Für alle Fälle ..."

„Da haben wir Onkel Primus aber ganz schön ausgetrickst", lachte Fabia, als das Trio am Abend die steile Straße, die vom Forum zum Palatin führte, entlanglief. „Wenn der wüsste, dass wir als Sklaven verkleidet durch Rom spazieren, statt selig in unseren Betten zu schlafen!"

Als sie vor der Villa der Calpurnia Felix ankamen, funkelten am Himmel bereits die ersten Sterne.

„Hier geht es ja tatsächlich zu wie auf dem Forum zur Mittagszeit“, staunte Titus. Am Straßenrand standen mehrere Sänften. Ein Sklave geleitete eine elegant gekleidete Dame zum Eingangsportal. Dort, im flackernden Licht der Wandleuchter, stand ein Sklave, der die ankommenden Gäste willkommen hieß.

„Genau, wie ich vermutet habe“, bemerkte Rufus grinsend. „Hier ist ganz Rom versammelt.“

Die drei Detektive beobachteten stillschweigend das Treiben. Der Strom der Gäste schien nicht abzureißen. Ein junger Mann, umringt von Leibwächtern und Sklaven, die ihm mit Fackeln den Weg leuchteten, kam die Straße hoch. Er begrüßte den Türsteher und verschwand in der Villa. Danach kam noch eine verspätete Sänfte an. Dann erst wurde es ruhiger.

„Geht zum Hintereingang“, wies ein Sklave mit einer Fackel in der Hand die Detektive an. „Da zeigt man euch einen Raum, in dem ihr mit den anderen Sklaven auf eure Herrschaften warten könnt.“

„Der denkt, wir sind Sklaven“, flüsterte Fabia aufgeregt.

„Also“, raunte Rufus den Geschwistern zu. „Ich werde dort drüben an der Hausecke auf euch warten. Wenn ihr am Ende des Festes nicht aus der Villa kommt, schlage ich Alarm. Viel Glück!“

Titus und Fabia betraten die Villa. Ein Sklavenjunge führte sie in einen Raum, in dem bereits andere Sklaven auf dem Boden hockten. Fabia wollte sich dazusetzen, doch Titus zog sie am Ärmel ihrer grauen Sklaventunika zurück zur Tür.

„Wir gehen besser zu unserem Herrn“, verkündete er so laut, dass es jeder hören konnte. „Er hat uns befohlen, in seiner Nähe zu bleiben.“ Fabia verstand sofort und schob sich dicht hinter ihrem Bruder in den Flur hinaus. Aus einem Raum am Ende des Flurs erklangen das Klappern von Geschirr und laute Stimmen. Ein köstlicher Duft von frisch angebratenen Zwiebeln stieg den Geschwistern in die Nase.

So unauffällig wie möglich liefen sie den Korridor, in dem Sklaven auf- und abeilten, entlang.

„Steh hier nicht so untätig herum“, befahl eine strenge Stimme. „Ab mit dir ins Speisezimmer.“

Ohne zu wissen, wie ihr geschah, hielt Fabia plötzlich eine riesige silberne Platte in den Händen. Verdutzt starrte sie auf die Austern, die sich vor ihr auf dem Teller türmten. Da kam ihr eine Idee.

„Besorge dir auch eine Platte“, wisperte sie ihrem Bruder zu. „Vielleicht können wir ja im Speisesaal irgendetwas herausfinden.“

„Gute Idee.“ Titus griff nach einer Schale Oliven, die ihm einer der Küchensklaven reichte, und folgte seiner Schwester.

Am Eingang des Tricliniums blieben beide staunend stehen. Hunderte von Leuchtern und Öllämpchen tauchten den Raum in ein goldenes Licht. Die Gäste lagerten auf gepolsterten Ruhebetten, die sich um niedrige Tische gruppierten. Sie plauderten vergnügt, während sie gleichzeitig von den leckeren Speisen naschten und Honigwein tranken. Es herrschte eine ausgelassene Stimmung.

„Na, komm schon, schlaf nicht ein“, wies eine Sklavin Fabia zurecht. „Die Herrschaften warten auf ihre Austern.“

Fabia stolperte, schaffte es jedoch gerade noch, ihre Silberplatte aufrecht zu halten. Sie stellte den Teller auf dem Tisch ab und griff langsam nach einer leeren Schale. Dabei versuchte sie, Gesprächsfetzen aufzufangen.

„Hm, diese Austern sind absolut delikat“, sagte eine junge Frau, deren Haar in unzählige kleine Locken gelegt war.

„Ganz deiner Meinung“, stimmte ihr Tischnachbar zu und leckte sich genussvoll die Finger. „Ich möchte wetten, dass sie vom Lucrinius-See stammen.“

Da unterbrach ein lauter Trommelwirbel die sanfte Flötenmusik. „Der Schlangentanz“, kündigte ein Sklave mit lauter Stimme an. Die Gäste klatschten. Ägyptische Tänzerinnen in flatternden Gewändern betraten den Raum und begannen, in grazilen Bewegungen zum Klang von Zimbeln um die Tische und Liegen zu wirbeln.

Titus, der seine Oliven ungeschickt auf einen Tisch gestellt hatte, schaute sich um.

„Mehr Wein“, befahl ihm ein dicker Mann. Titus zuckte auf. Die Stimme kam ihm bekannt vor. Tatsächlich, auf dem Lager vor ihm stützte sich Quästor Marius Jucundus auf seinen Ellbogen und streckte ihm mit der anderen Hand einen leeren Becher entgegen. Titus' Gedanken rasten. Was, wenn der Mann ihn erkannte? Er, der Sohn eines Patriziers, servierte als Sklave verkleidet Speisen.

„Mach schon!“, herrschte ihn der Mann an. Titus konnte am Fuße des Tisches eine Weinkaraffe sehen und füllte damit den Becher des Quästors.

„Na, das ist doch überhaupt keine Frage“, fuhr der, ohne ihn eines Blickes zu würdigen, mit seiner Unterhaltung fort. „Zweifellos ist Falernerwein der beste.“

Titus zog sich, so schnell er konnte, in den Korridor zurück, wo seine Schwester bereits auf ihn wartete. „Der Quästor Marius Jucundus ist unter den Gästen“, flüsterte er mit erstickter Stimme.

„Und“, fragte sie erschrocken, „hat er dich erkannt?“

„Nein, das ist gerade nochmal gut gegangen. Er hat mich keines Blickes gewürdigt.“

Fabia atmete erleichtert auf. „Hast du sonst irgendetwas Verdächtiges bemerkt?“

„Nein.“ Er schüttelte den Kopf. „Und du?“

„Auch nichts. Wir wissen ja noch nicht mal, wer Calpurnia Felix ist.“

„Na, das ist nicht schwer. Giton hat uns doch erzählt, dass er von der Frau eine Statue für den Speisesaal angefertigt hat. Wir brauchen nur die Figur mit den anwesenden Frauen zu vergleichen.“ Titus spähte vorsichtig um die Ecke ins Triclinium.

Welche der Frauen ist Calpurnia Felix?

In der Villa gefangen

„Aber wir können sie doch nicht einfach fragen, was sie mit Skorpionen zu tun hat“, meinte Fabia im Korridor. „Und die Gäste zu belauschen, ist reine Zeitverschwendung. Wir sollten uns lieber auf die Suche nach der Bibliothek machen.“

„Ja, so schnell wie möglich“, stimmte ihr Titus zu.

Vom Speisesaal her waren Gelächter und Applaus zu hören. Dann begannen die Musiker, eine Melodie zu spielen, die von einem Sänger begleitet wurde.

„Das wird aber auch Zeit“, stöhnte Titus. „Eine Gesangspause zwischen den Gängen.“

Fabia zog zielstrebig los. „Komm, wir müssen diesen Flur entlang.“

Vor einer schweren Eichentür blieben die Geschwister stehen. „Das muss sie sein.“ Doch hinter der Tür lag nur ein Schlafzimmer.

Endlich hatten sie die richtige Tür gefunden.

„Hier sind wir richtig!“ Staunend betrachtete Titus die unzähligen Schriftrollen und Buchschatullen, die sich in den Nischen an den Wänden stapelten. „Bei Jupiter! So viele Bücher!“

„Worauf warten wir denn noch?“ Fabia begann, sorgfältig die Etiketten, die an den Rollen befestigt waren, zu studieren. „Mal sehen, ob wir etwas Verdächtiges finden können.“ Dann lachte sie. „Das hier ist ein Stück von Plautus. Kannst du dich noch an die witzige Komödie erinnern, die wir im Frühjahr im Marcellus-Theater gesehen haben? War das nicht köstlich, als der …“

„Fabia“, stöhnte ihr Bruder. „Wer will das jetzt wissen? Wir sind hier in geheimer Mission und nicht, um Theaterstücke zu besprechen.“

„Ist ja schon gut." Sie betrachtete die anderen Etiketten. „Also: Plautus, Vergil, griechische Klassiker wie Homer und Plato. Ovid? Von dem habe ich noch nie gehört."

„Da gab es irgendeinen Skandal letztes Jahr. Vater hat mir davon erzählt. Er wurde vom Kaiser ans Schwarze Meer verbannt."

Fabia prüfte sorgfältig der Reihe nach jedes Etikett. „Die Satiren von Horaz, Plan der Kanalisation Roms, Catulls Gedichte ... Nein, da ist nichts Auffälliges dabei. Eine ganz normale Bibliothek."

„Vielleicht ist ja ein Hinweis in einem der Behälter oder sogar im Text eines Buches verborgen." Titus rollte ein Buch mit Homers Odyssee auf. Er überflog den Text. „Nein, diese Theorie führt uns auch nicht weiter."

„Weißt du, was?" Fabia war mit einem Mal ganz aufgeregt. „Vielleicht sind wir ja auf der falschen Fährte. Giton sagte, dass Statilius etwas Ungewöhnliches in der Bibliothek aufgefallen ist. Doch muss es sich dabei unbedingt um Bücher handeln?"

„Natürlich, du hast Recht." Titus begann, die Wand abzutasten. „Hat er hier nicht neue Fresken gemalt? Vielleicht ist ihm dabei eine Geheimtür aufgefallen."

„Oder ein Geheimfach in dieser Dianastatue."

Hoffnungsvoll befühlte Fabia die kleine Bronzefigur und deren Sockel.

„Absolut nichts zu finden. Ob wir irgendetwas übersehen haben?“

„Der Fußboden! Möglicherweise öffnet sich eine Falltür, wenn man auf einen bestimmten Mosaikstein drückt.“

Ein plötzlicher Luftzug ließ die Wandleuchter kurz aufflackern. Gerade noch rechtzeitig merkte Fabia, wie die schwere Eichentür in ihren Angeln quietschte und sich langsam öffnete. Sie packte ihren Bruder wortlos am Ärmel und zog ihn unter den Schreibtisch. Keinen Augenblick zu früh.

„Calpurnia übertrifft sich mal wieder selbst“, sagte eine Männerstimme.

„Ja, ihre Gastmähler gelten als die besten in Rom. Wenn ich jetzt allerdings nicht eine kleine Pause einlege, bekomme ich keinen Bissen mehr runter.“

„Und die Tänzerinnen. Erstklassig! Doch nun zum Geschäftlichen.“

„Ja, und zwar schnell, denn obwohl ich satt bin, will ich die nächsten Gänge auf keinen Fall versäumen. Angeblich soll es Drosselragout und Schweineeuter geben. Zählen zu meinen Lieblingsgerichten. Also, zur Sache ...“

Einer der Männer lehnte sich an den Schreibtisch.

„Und das mit dem Portunustempel ist absolut sicher?“, fragte er.

„Alles geregelt, das habe ich von höchster Stelle bestätigt bekommen.“

Sein Freund lachte leise. „Ich sage es doch immer. Es kann nie schaden, wenn man Personen von Rang auf seiner Seite hat.“

„Ja, wenn die Ware im Saturntempel gelagert würde, hätten wir keine Chance. Der Portunustempel dagegen ist ideal!“

„Die Götter sind uns wohlgesonnen! Wer hätte gedacht, dass die Kanalisation repariert werden muss. Und wie günstig, dass die Strecke zwischen dem Tempel und dem Hauptabfluss stillgelegt wurde!“

„Für die Skorpione könnte es jedenfalls nicht besser sein."

Portunustempel, Saturntempel? Titus dachte angestrengt nach. In welchem Zusammenhang wurden die beiden Tempel kürzlich erwähnt? Er rieb sich den Rücken. Wenn diese Sklaventunika doch nicht so unerträglich kratzen würde. Dann fiel es ihm plötzlich wieder ein: der Sold für Varus' Legionen!

In dem Versteck unter dem Schreibtisch war es staubig. In Fabias Nase kitzelte es wie verrückt.

„Hat Calpurnia entschieden, wann wir zuschlagen sollen?", fragte der Mann, der sich inzwischen auf den Schreibtisch gesetzt hatte.

„Vermutlich morgen Nacht. Sie wird uns später noch genaue Anweisungen geben."

Titus betrachtete die Füße, die verdächtig nahe vor seiner Nase baumelten. Der Mann kratzte sich gerade mit seinem großen Zeh an der Wade. Dabei schob er den Saum seiner Toga mit dem Fuß hoch, sodass Titus deutlich seine Fesseln sehen konnte. Direkt oberhalb des Knöchels befand sich eine winzige Tätowierung. Stumm packte Titus seine Schwester am Arm und deutete auf die Zeichnung.

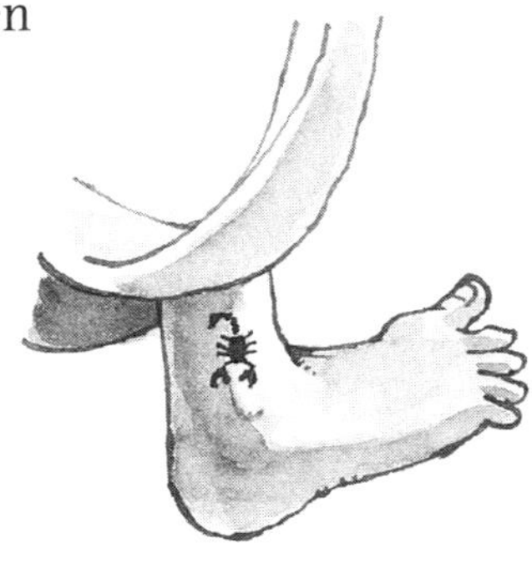

„Ein Skorpion!“, hätte Fabia beinahe aufgeschrien, doch sie konnte sich gerade noch zurückhalten. Stattdessen musste sie lautstark niesen.

„Was haben wir denn da? Einen Sklaven.“

Eine Hand packte Titus am Ohr und zog ihn unter dem Tisch hervor.

Fabias Herz klopfte schnell und heftig. Sie kauerte sich in die Ecke des Tisches, doch die große Hand tastete weiter und packte auch sie an der Schulter.

„Noch einer! Was habt ihr denn hier in der Bibliothek zu suchen?“

„Wir sollen die Bücher abstauben“, stammelte Fabia.

„Ach ja“, der Mann grinste. „Und wo sind eure Wischlappen?“

Der andere Mann runzelte die Stirn. „Ich habe die beiden noch nie gesehen. Die gehören nicht zu Calpurnias Haushalt.“

„Ist ja schon gut“, bekannte Titus. „Wir gestehen alles.“

Fabia starrte ihren Bruder mit weit aufgerissenen Augen entsetzt an.

„Wir sind die Sklaven von Petronius Flaucus“, erklärte er. „Da unser Herr uns während des Gastmahls nicht benötigt, wollten wir die Wartezeit sinnvoll verbringen. Wir haben viel von Calpurnias Bibliothek gehört und konnten dieser einmaligen Gelegenheit zu lesen nicht widerstehen."

„Ja", bestätigte Fabia erleichtert. „Das ist die Wahrheit. Calpurnia hat gesagt, wir sollten uns hier wie zu Hause fühlen."

„So, hat sie das?" Der Mann mit der Tätowierung am Knöchel betrachtete die Detektive misstrauisch. „Und wie, sagtest du, heißt euer Herr?"

„Petronius Flaucus", antwortete Titus selbstbewusst.

„Sklaven, die sich bilden wollen?" Der andere Mann glaubte den Geschwistern kein Wort. „Habe ich ja noch nie gehört. Nein, ihr bleibt schön hier." Er verstellte breitbeinig den Ausgang.

„Wer soll eigentlich dieser Petronius Flaucus sein? Ich habe die Gästeliste mit Calpurnia zusammengestellt. Ein Petronius Flaucus war da ganz bestimmt nicht dabei. Nein." Er schüttelte den Kopf.

„Für wen arbeitet ihr?", begann der andere, der inzwischen auch misstrauisch geworden war, Titus und Fabia auszuhorchen.

„Wir sind die Sklaven von Petronius Flaucus", bestand Titus auf seiner Geschichte. „Wir wollten nur lesen."

„Unter dem Schreibtisch? Nein, meine Lieben. Ihr könnt uns nicht zum Narren halten."

„Kimon", befahl er dem Sklaven, der vor der Tür Wache schob. „Hilf uns, die beiden Übeltäter ruhig zu stellen. Zumindest so lange", wandte er sich an seinen Komplizen, „bis der Plan durchgeführt ist. Dann sehen wir weiter."

Wortlos packte der riesige Sklave die Detektive im Nacken, in jeder Hand einen, und zerrte sie den dunklen Korridor entlang. Am Ende des Ganges trat er mit dem Fuß eine Tür auf und stieß die beiden in eine Zelle. Die Tür fiel hinter ihnen ins Schloss. Die Geschwister hörten, dass von außen zugesperrt wurde und die Schritte der Männer im Gang verhallten.

„Na, das hast du ja toll hingekriegt", funkelte Fabia ihren Bruder wütend an. „Und was jetzt?"

Titus begutachtete ihr Gefängnis. Es handelte sich um eine kleine Kammer ohne irgendwelche Einrichtung. Durch ein schmales, vergittertes Fenster oben in der Wand fiel ein schwacher Lichtschein. Ansonsten war es stockdunkel.

„Hier kommen wir nie raus." Fabia rüttelte mutlos an der schweren Tür. Dann hockte sie sich auf den kalten Steinboden. „Ich verstehe überhaupt nichts mehr. Hast du eine Ahnung, was die Skorpione vorhaben?"

Titus berichtete ihr von der Unterhaltung zwischen dem Quästor Marius Jucundus und dem Senator Marcellus, die er zufällig im Agrippa-Bad mitgehört hatte.

„Das kann doch nicht wahr sein! Die Skorpione haben das irgendwie herausgefunden und wollen nun die Gehälter der Legionen aus dem Portunustempel rauben", flüsterte Fabia ungläubig.

Titus nickte. „Genau. Und da kommt es ihnen sehr gelegen, dass die Strecke der Kanalisation gerade stillgelegt wurde."

„Natürlich", rief Fabia. „Das war es, was Statilius in der Bibliothek entdeckt hat!"

„Was?“

„Den Plan der Kanalisation von Rom! Unter all den Gedichtrollen, Dramen, Satiren, Oden und griechischen Klassikern befand sich eine Buchrolle mit der Aufschrift ‚Plan der Kanalisation Roms‘. Titus, wir müssen das unbedingt verhindern.“

„Na, das steht außer Frage. Allerdings weiß ich nicht, wie Männer mit einer schweren Geldkiste durch den Kanal passen sollen. Zuerst aber müssen wir hier raus.“

„Aber wie sollen wir das schaffen?“, murmelte Fabia mit gepresster Stimme.

„Spätestens, wenn die letzten Gäste aufbrechen, werden auch wir befreit“, beruhigte sie ihr Bruder zuversichtlich.

„Woher willst du denn das so genau wissen?“

„Sobald Rufus merkt, dass wir nicht aus der Villa kommen, wird er Alarm schlagen. Moment mal ...“ Titus hielt einen Augenblick inne. „Ich habe da eine Idee.“

„Und die wäre?“

„Das Fenster! Ob das wohl zur Straße hinausführt?“

„Und wennschon. Da passen wir ja sowieso nicht durch.“

„Das weiß ich auch. Nein, ich frage mich, ob wir vom Fenster aus Rufus sehen können."

Fabia warf ihrem Bruder einen verwirrten Blick zu, doch dann verstand sie. „Prima Idee! Rufus kann sich in die Villa schleichen und uns befreien."

Titus versuchte, zum Fenster hinauszusehen. Aber sosehr er sich auch anstrengte, er konnte es nicht erreichen. Es war zu hoch.

„Hock dich mal hin", befahl Fabia ihrem Bruder. Vorsichtig stieg sie auf Titus' Schultern. „So, und jetzt steh langsam auf."

Erst beim dritten Versuch gelang es Fabia, aus dem Fenster zu spähen.

„Und?", fragte Titus.

„Ja, dort drüben kann ich Rufus sehen."

Sie pfiff leise. Rufus reagierte nicht. „Rufus", rief sie schließlich mit gedämpfter Stimme. „Hier, auf der anderen Straßenseite. Sieh zum Fenster hoch."

Endlich hörte er sie. Vorsichtig um sich blickend überquerte er die Straße. Fabia erklärte ihm rasch die Situation. „Dieser Raum hier ist im gleichen Gang wie die Bibliothek. Die letzte Tür auf der rechten Seite."

„Beeil dich", stöhnte Titus unter ihr. „Ich kann dich nicht länger halten."

„Euer Retter kommt auf Herkulesflügeln“, verkündete Rufus und verschwand in der Dunkelheit.

„Wenn die nun Rufus auch schnappen“, zweifelte Fabia.

Doch kurz darauf konnte man ein leises Kratzen an der Tür vernehmen.

„Fabia, Titus?“, flüsterte eine Stimme.

„Rufus, endlich! Kannst du die Tür öffnen?“

„Ja, die haben den Schlüssel stecken lassen.“

In genau diesem Augenblick kam der Mond hinter einer Wolke hervor. Ein schmaler Streifen schien durch das Fenster und tauchte das Türschloss in silbernes Licht.

„Halt!“, rief Titus. „Dreh den Schlüssel auf keinen Fall um. Es ist ein Sicherheitsschloss mit eingebautem Warnmechanismus. Wenn du den Schlüssel in die falsche Richtung drehst, löst du einen Gong aus.“ Konzentriert blickte er auf die Zahnräder. „Dreh den Schlüssel nach links. Nein, Moment mal. Ich glaube, du drehst ihn besser nach rechts.“

„Was nun?“, erkundigte sich Rufus ungeduldig auf der anderen Seite der Tür. „Entscheide dich, links rum oder rechts rum?“

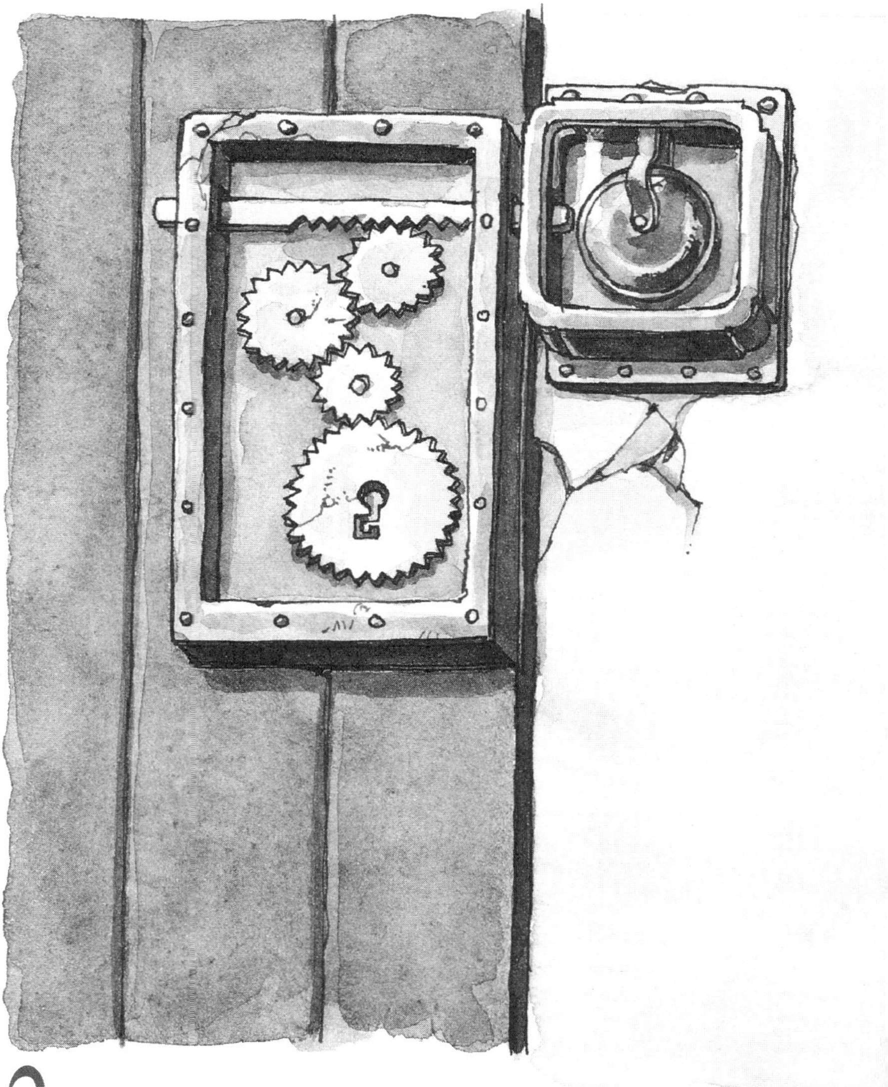

In welche Richtung muss Rufus den Schlüssel drehen?

Überraschung im Tabularium

„Das ist ja gerade nochmal gut gegangen“, seufzte Titus, als die drei Freunde das nächtliche Forum überquerten.

„Ach, du meine Güte.“ Fabia deutete auf den Horizont. „Schaut mal, da kann man bereits einen schmalen Streifen Tageslicht erkennen. Komm, Titus, wir müssen uns beeilen. Onkel Primus darf auf keinen Fall herausfinden, dass wir die ganze Nacht unterwegs waren.“

Die drei begannen zu rennen.

„Ich muss geradeaus weiter“, verkündete Rufus, als sie zu der Straße kamen, die links zum Quirinal abzweigte. „Habt ihr irgendwelche Vorschläge, wie es weitergehen soll?“

Fabia schüttelte den Kopf. „Keine Ahnung. Ich bin zu müde.“

„Fabia und ich müssen nach Hause, uns umziehen und dann gleich weiter in die Schule“, meinte Titus. „Wie wäre es, wenn wir uns heute Nachmittag am Forum treffen, an den Stufen des Saturntempels? Vielleicht fällt uns ja bis dahin etwas ein.“

„Einverstanden.“ Rufus rieb sich die Augen. „Ich werde sowieso erst einmal schlafen.“

„Hast du kein Mitleid mit uns?“, stöhnte Titus. „Wir müssen den Vormittag mit Schreiben und Rechnen verbringen. Ich habe keine Ahnung, wie ich das überstehen soll.“

Die Detektive verabschiedeten sich. Titus und Fabia hasteten zum Quirinal. Rufus schlenderte gemächlich in Richtung Subura. Plötzlich hatte er eine Idee. In der Nachbarwohnung lebte ein Kanalarbeiter mit seiner Familie. Wenn er sich beeilte, konnte er den Mann vielleicht erwischen, bevor er sich auf den Weg zur Arbeit machte. Er lief los.

Im Parterre öffnete der dicke Wirt gerade die schweren Holzläden, mit denen er nachts sein Lokal verrammelte. Rufus sprang die steile Treppe hoch, immer drei Stufen auf einmal, und kam atemlos im sechsten Stockwerk an. In diesem Augenblick trat der Nachbar aus seiner Wohnungstür.

„Guten Morgen“, begrüßte Rufus ihn.

„Guten Morgen, Rufus. Du bist aber früh auf den Beinen.“

„Sagen Sie, sind die Kanäle eigentlich so groß, dass Menschen hindurchkönnen?“

Der Mann nickte. „Oh ja, an manchen Stellen sind

sie sogar so groß, dass man mit einem vollen Heuwagen problemlos durchfahren könnte. Kennst du denn die Geschichte von Agrippa nicht?"

„Welche Geschichte?"

„Marcus Vipsanius Agrippa, der Erbauer des Agrippa-Bades, hat seinerzeit die Cloaca Maxima wesentlich verbessert und erweitert. Man erzählt sich, dass er in einem Boot die Kanäle entlanggerudert sein soll."

Rufus staunte. „Da könnte man doch sicher etwas durch die Kanalisation rauben, oder? Wie den Staatsschatz aus dem Saturntempel beispielsweise?"

„Na, da mach dir mal keine Sorgen. Die Staatsgelder sind im Saturntempel absolut sicher. Da kommt niemand ran. Der Saturntempel ist auch nicht mit der Kanalisation verbunden."

„Und der Portunustempel? Was, wenn große Summen staatlicher Gelder im Portunustempel gelagert würden?"

„Im Portunustempel am Viehmarkt?" Der Mann lachte schallend. „Das ist ein guter Witz. Staatliche Gelder im Portunustempel!" Und er begann, noch immer lachend, die Treppen hinabzusteigen.

Rufus blieb ihm dicht auf den Fersen. „Kann man irgendwo herausfinden, wie der Portunustempel mit der Kanalisation verbunden ist?"

„Wer das wissen will, könnte im Tabularium, dem Statsarchiv am Forum, nachschauen. Dort gibt es bestimmt einen Plan der Kanalisation. Aber da hat ein Junge aus der Subura nicht die geringste Chance. So, jetzt muss ich aber los." Mit großen Schritten eilte er davon.

Stunden später saß Rufus ausgeschlafen auf den Marmorstufen des Saturntempels und wartete auf die Geschwister. Links am Hang des Capitols, hinter dem Concordiatempel, konnte er die Rundbögen des

Staatsarchives sehen. Ungeduldig stand er auf und lief auf und ab. Er wollte seinen Freunden endlich berichten, was er in Erfahrung gebracht hatte. Sein Blick wanderte über das Forum, auf dem heute noch mehr Betrieb als gewöhnlich war.

„Rufus!", rief da eine helle Mädchenstimme.

„Na endlich! Ich dachte schon, ihr habt unser Treffen vergessen. Und wo habt ihr Corax gelassen?"

„Stell dir vor, wir haben es geschafft, ihn abzuhängen. Deshalb hat es ja auch etwas länger gedauert. Wir ..."

Doch Rufus unterbrach sie ungeduldig. „Während ihr brav euer ABC gelernt habt, habe ich auch nicht untätig herumgesessen."

„Und, was hast du getan?" Titus grinste. „Hast du den Skorpionen eine Falle gestellt?"

„Nein, aber ich habe mehr über die Kanalisation herausgefunden“, erklärte Rufus stolz. „Und ich weiß, wo es einen Plan davon gibt.“

„Das wissen wir auch“, erwiderte Fabia. „In der Villa der Calpurnia. Doch da bringst du mich ganz bestimmt nicht mehr rein.“

„Nein, im Tabularium.“

„Im Tabularium? Das ist ja gleich hier nebenan. Da müssen wir nur die Stufen hinter der Rostra hoch.“ Titus wollte schon in Richtung Staatsarchiv loslaufen.

„Halt!“, rief ihn Rufus kopfschüttelnd zurück. „Anscheinend ist es nicht so einfach reinzukommen.“

„Na, das wollen wir doch erst mal sehen. Immerhin bin ich Sohn eines bekannten Patriziers.“

„Wie wäre es“, überlegte Fabia, „wenn wir ein Schreiben von Vater vorzeigen? Es könnte bestätigen, dass wir für ihn etwas nachschauen sollen.“

„Bist du übergeschnappt? Vater ist meilenweit entfernt auf dem Land. Wie sollen wir da von ihm so schnell ein Schreiben bekommen?“

„Na, ganz einfach.“ Fabia grinste und zog ihre Schultafel und einen Stilus aus einer Falte ihrer Stola hervor. In ihrer sorgfältigsten Handschrift schrieb sie:

Titus sah seine Schwester verblüfft an. „Und wenn Vater dahinter kommt?“

„Wie soll das geschehen? Der ist doch in Bovilae.“

„Na, dann los.“ Die drei stürmten zum Staatsarchiv.

Vor dem Eingangstor stand ein Soldat in glänzender Rüstung mit einem Speer in der Hand.

„Halt!“, gebot er den Detektiven. „Hier dürft ihr nicht weiter.“

„Mein Vater ist Quintus Fabius Clemens. Er hat uns den Auftrag gegeben, etwas für ihn im Archiv ausfindig zu machen.“

„Warum kommt er nicht selbst?“, erkundigte sich der Soldat.

„Weil er auf dem Lande weilt.“

„Wieso schickt er keinen Erwachsenen vorbei?“

„Keiner unserer Sklaven kann lesen. Deswegen hat er uns hergeschickt.“

„Könnt ihr mir das beweisen?“

„Ja.“ Fabia streckte ihm ihre Wachstafel entgegen.

Der Mann überflog den Text. „Gut. Geht zur Anmeldung. Da bringt ihr vor, welche Dokumente ihr einsehen wollt, und man wird euch weitere Anweisungen geben.“

„Es hat geklappt!“, flüsterte sie den anderen beiden aufgeregt zu, als sie am Wächter vorbei in die weitläufige Halle spazierten. „Wir sind im Tabularium.“

Die Schritte der drei hallten auf dem Marmorfußboden, als sie sich der Anmeldung näherten.

„Sieht fast so aus, als seien wir nicht die Einzigen, die heute Akten einsehen wollen“, stellte Rufus fest. Andere Bürger und ihre Sklaven saßen auf Hockern oder standen im Raum herum und warteten. Manche unterhielten sich leise. Staunende Blicke waren auf das Trio gerichtet. Es war nichts Alltägliches, dass Kinder ins Archiv kamen.

An einer Wand des Raumes stand ein Schreibtisch, hinter dem ein Sekretär saß. Er sprach gerade mit ei-

nem Mann von Senatorenrang. Eifrig kritzelte er etwas mit Feder und Tinte auf eine Papyrusrolle und stellte dem Senator weitere Fragen. Danach geleitete der Sekretär ihn zu einem Durchgang auf der anderen Seite des Wartezimmers. Zurück am Schreibtisch rief er mit lauter Stimme: „Der Nächste bitte." Ein jüngerer Mann, der von einem Sklaven begleitet wurde, ging auf ihn zu.

„Das dauert ja ewig, bis wir an der Reihe sind", maulte Rufus ungeduldig, während er die Wartenden begutachtete.

Plötzlich riss Fabia ihre Augen vor Schreck weit auf. Sie schnappte nach Luft.

„Geht es dir nicht gut?“, fragte Titus besorgt.

Fabia nickte stumm. „Schnell raus hier.“ Sie zog die beiden Jungen am Arm und eilte auf den Ausgang zu.

Was ist Fabia aufgefallen?

Überall Skorpione

„Der Sekretär im Tabularium ein Skorpion?“ Titus konnte es nicht fassen.

„Ja, ich habe die Tätowierung an seinem Knöchel ganz deutlich gesehen.“

„Wetten, dass Calpurnia auch so ein Tierchen auf ihrem Körper tätowiert hat?“

„Und wenn diese Tätowierung doch nichts mit unseren Skorpionen zu tun hat?“ Titus war sich nicht so sicher.

„Denk doch mal nach: das Muster auf der Sänfte, der Mann in der Bibliothek und der Sekretär im Archiv. Erklärt das nicht einiges?“

„Genau“, stimmte ihr Rufus zu. „Und jetzt wissen wir auch, wie der Plan der Kanalisation Roms in Calpurnias Bibliothek kam. Der Sekretär hat ihn entweder geklaut oder davon eine Kopie gemacht.“

„Und was nun?“

„Ich schlage vor, wir gehen zum Quästor Marius Jucundus. Da er für die Gehälter der Legionen verantwortlich ist, hat er sicherlich auch Mittel, um den Raub zu verhindern.“

Wieder am Forum angelangt, versuchte das Trio, sich durchs Gedränge zu kämpfen.

„Was ist eigentlich heute hier los?"

„Ich verstehe das auch nicht." Rufus schaute sich verwundert um. „Irgendetwas scheint passiert zu sein."

„Mein Aulus", rief da eine Frau mit tränenerstickter Stimme. „Bringt mir meinen Aulus zurück!" Sie raufte sich die Haare und lief laut schluchzend weiter. Eine andere Frau und ihre beiden Kinder heulten laut auf. An der Rednertribüne hatte sich ein riesiger Menschenauflauf versammelt. Bürger, Soldaten, Sklaven – alle schrien aufgeregt durcheinander.

„Was ist geschehen?“, wollte Fabia von einer alten Frau wissen, die sich neben ihr, auf einen Stock gestützt, durch die Menschenmenge drängte.

„Was, ihr habt die Schreckensnachricht noch nicht gehört?“ Die Frau blickte die Detektive erstaunt an.

Fabia schüttelte den Kopf.

„Die grauenhafte Tat! Was für ein Schlag für Kaiser Augustus, welch Unglück für unser Reich. Unsere Legionen in Germanien“, seufzte sie und wischte sich Tränen aus den Augen. „Drei Legionen wurden von den Barbaren vernichtet.“

„Drei Legionen?“ Titus glaubte der Frau kein Wort. „Das ist doch gar nicht möglich.“

„Doch, mein Junge, drei Legionen. Der Anführer der Barbaren, ein gewisser Arminius, hat unsere Soldaten in den Hinterhalt gelockt und sie dort alle niedergemetzelt. Feldherr Varus selbst, so geht das Gerücht um, soll sich das Leben genommen haben.“

Die Detektive sahen sich erschrocken an.

„Sind das nicht die Legionen, für die das Geld vorgesehen ist?“, fragte Rufus.

„Ja, die, zu denen auch Onkel Primus gehört.“

„Ich denke, der ist hier in Rom?“

„Ist er, ja. Auf Heimaturlaub. Stellt euch nur vor, welch ein Glück, dass er sich sein Bein gebrochen hat und dass sie ihn nach Hause geschickt haben. Ansonsten ..." Fabia wollte den Gedanken nicht weiterspinnen.

In diesem Augenblick spürte sie, wie sie eine mächtige Hand an der Schulter packte.

„Habe ich euch endlich erwischt." Corax musterte die Kinder mit grimmigem Blick. „Höchste Zeit, nach Hause zu gehen."

„Natürlich, liebster Corax", schmeichelte Fabia, wobei sie all ihren Charme einsetzte. „Vorher müssen wir jedoch unbedingt bei der Villa des Quästors vorbeischauen. Wir müssen den Mann warnen."

„Na gut", seufzte der gutmütige Riese schließlich. „Aber wir beeilen uns besser, denn es wird bald dunkel. Auch wenn ich eine Laterne dabeihabe, sollten wir vor Einbruch der Dunkelheit zu Hause sein."

Wenig später stieg die kleine Gruppe die Stufen zum Eingangsportal der Quästorenvilla hinauf. An beiden Flügeln des Tores waren bronzene Löwenköpfe angebracht, die je einen Klopfring im Maul hielten. Das Klopfen hallte dumpf im Haus wider.

Kurz darauf hörten die vier schlurfende Schritte, ein Riegel wurde zurückgeschoben, und die Tür öffnete sich einen Spaltbreit.

„Ja?“, gähnte ihnen ein Mann mit schläfrigem Gesicht entgegen.

„Wir wollen bitte den Quästor Marius Jucundus sprechen“, erklärte Fabia dem Türsteher.

„Der ist nicht zu Hause.“

„Ist es möglich, hier auf ihn zu warten?“

Der Mann musterte die Kinder und den Sklaven argwöhnisch.

„Es ist wirklich sehr wichtig“, bekräftigte Fabia.

„Nun gut. Er müsste sowieso bald zurückkommen. Ihr könnt im Atrium warten.“

„Na, hoffentlich dauert es nicht allzu lange“, murmelte Titus ungeduldig, nachdem der Türsteher die vier im Atrium zurückgelassen hatte.

„Der Quästor wird ganz schön Augen machen, wenn er hört, dass seine verehrteste Calpurnia einer Verbrecherbande vorsteht." Rufus grinste.

In diesem Augenblick betrat der Quästor mit seinem Gefolge den Raum. Überrascht betrachtete er die unerwarteten Gäste.

„Was verschafft mir die Ehre?", erkundigte er sich. Dann runzelte er die Stirn. „Kenne ich euch irgendwoher?"

„Ich bin Titus Fabius Clemens", antwortete Titus schnell. „Wir haben uns kürzlich im Bad kennen gelernt."

„Ach ja, ich erinnere mich. Und du bist der Botenjunge vom Bad, nicht wahr?“

Rufus nickte.

„Und ich bin Fabia, die Tochter von Quintus Fabius Clemens. Könnten wir Sie bitte allein sprechen? Es handelt sich um eine äußerst wichtige Angelegenheit.“

„Wichtig?“ Der Quästor lächelte spöttisch und wies mit einer Handbewegung seine Sklaven an, das Atrium zu verlassen. „Fasst euch kurz, denn ich habe heute Abend noch einiges vor.“

„Also, alles fing vor sechs Tagen an, als eine Botschaft für unseren Vater ankam. Da er gerade in Bovilae ist ...“ Titus berichtete ihr Abenteuer in allen Einzelheiten. Als er mit seinen Ausführungen fertig war, begann der Quästor schallend zu lachen.

„Ihr wollt mir wohl einen Bären aufbinden. Calpurnia, die Anführerin einer Verbrecherbande. Calpurnia Felix ist die Witwe von Spurius Julius Naso und stammt aus einer der geachtetsten Familien Roms.“ Er betrachtete die Detektive eingehend.

„Und eure Eltern sind verreist?“, fragte er.

Titus nickte.

„Aber ihr habt doch bestimmt Sklaven zu eurem Schutz bei euch.“

„Ja, natürlich, und Onkel Primus ist auch da.“

„Onkel Primus?“

„Vaters Bruder. Er wohnt zurzeit bei uns, da er ein Bein gebrochen hat“, gab Titus bereitwillig Auskunft.

Der Quästor lächelte. „Ich erinnere mich – der Onkel aus Germanien, nicht wahr?“ Dann wurde er ernst.

„Ich schlage vor, dass ihr euch auf den Heimweg macht. Es ist fast dunkel, und man kann nie wissen, welche Gefahren in den Straßen nachts auf wehrlose Kinder lauern.“

Fabia wollte etwas einwenden, doch Rufus kam ihr zuvor.

„Es ist wirklich besser, wenn wir jetzt aufbrechen“, sagte er leise und drängte die Freunde in Richtung Korridor.

„Also, Rufus“, meinte Titus vorwurfsvoll, sobald sie draußen vor der Villa standen. „Wieso hattest du es auf einmal so eilig?“

„Habt ihr denn nicht gesehen, wie der Quästor immer wieder versucht hat, einen Zipfel seiner Toga über sein Handgelenk zu drapieren?“

„Na und?“

„Der Quästor hat eine Tätowierung am Handgelenk: einen kleinen Skorpion. Als die Toga verrutscht ist, konnte ich es deutlich erkennen.“

Die Geschwister starrten Rufus fassungslos an.

„Der Quästor ein Skorpion?“, wunderte sich Titus. „Als Nächstes sagst du, Kaiser Augustus gehört auch zu der Bande.“

Ein plötzliches Geräusch ließ ihn innehalten. Er blickte sich um. Im Dämmerlicht konnte er sehen, wie ein Sklave die Villa verließ. Hatte der Quästor ihn geschickt, um die Detektive zu verfolgen? Dann sah Titus die Wachstafel in der Hand des Sklaven, und er wusste, was zu tun war: Er stellte dem vorübereilenden Sklaven ein Bein. Der Sklave stolperte, und die Tafel landete auf dem Boden.

Blitzschnell hob Titus sie auf, steckte sie in eine Falte seiner Toga, zog seine Schultafel hervor und reichte diese höflich dem Sklaven. Der bedankte sich und rannte, ohne etwas zu merken, weiter.

„Und du hast ihm tatsächlich deine Schultafel gegeben?“, lachte Fabia, als Titus im Schutz der nächsten Straßenecke die Wachstafel des Boten triumphierend hochhielt. „Wer auch immer der Empfänger ist, dem werden deine Schreibübungen sicher ein großes Rätsel bleiben.“

„Genau wie dieser Text hier“, meinte Titus. „Der ist mir auch ein Rätsel. Corax, könntest du bitte deine Laterne über die Tafel halten?“

? *Wie lautet die Nachricht?*

Die Skorpione schlagen zu

„Wir müssen Onkel Primus einweihen, und der kann dann seinen Sklaven zur Polizeiwache schicken.“

„Einverstanden.“ Rufus nickte. „Unter einer Bedingung: Ich komme mit euch. Drei sind überzeugender als zwei.“

Wenig später kamen sie in der Villa am Quirinal an. Apion öffnete die Tür. Er wollte den Kindern etwas mitteilen, doch sie stürzten an ihm vorbei.

„Aber“, stotterte der Türsteher, „der verehrte ...“ Doch er kam nicht dazu, seinen Satz zu beenden.

„Bei den Göttern!“, donnerte die laute Stimme von Quintus Fabius Clemens aus dem Atrium. „Könnt ihr mir erklären, was ihr um diese Zeit allein in der Stadt zu suchen habt?“

„Vater“, krächzte Titus heiser. „Wieso bist du schon zurück?“

„Hier stelle ich die Fragen. Und wer ist dieser Straßenjunge, den ihr mit in unsere Villa geschleppt habt?“ Er deutete auf Rufus, der, so unscheinbar wie möglich, rückwärts auf die Tür zuging. „Halt, junger

Mann. Nicht so schnell“, befahl der Vater. Rufus blieb gehorsam stehen.

„Vater“, begann Fabia zu erklären. „Wir haben eine Verbrecherbande ausfindig gemacht. Die wollen ...“

„Schweig! Ihr geht sofort auf eure Zimmer.“

„Aber, Fabius“, wandte Petronia zaghaft ein. „Lass die Kinder doch erklären. Vielleicht haben sie ja einen guten Grund für ihr Zuspätkommen.“

„Was auch immer sie ausgeheckt haben, es interessiert mich nicht. Die Kinder haben eine Regel gebrochen und müssen dafür bestraft werden.“

„Vater, bitte“, flehte Fabia. „Die Gehälter der Legionen stehen auf dem Spiel.“

„Herr Fabius Clemens, so glauben Sie uns doch bitte“, fiel Rufus ihr ins Wort. „Es ist die Wahrheit.“

Aber der Vater blieb hart. „Ab in eure Zimmer.“

„Herr, wenn Sie mir gestatten würden zu erklären“, kam Corax’ Stimme aus dem Hintergrund.

„Mit dir, lieber Corax, habe ich später noch ein Hühnchen zu rupfen. In die Sklavenkammer!“

„Hör ihnen doch wenigstens zu“, bat die Mutter. „In ihre Zimmer kannst du sie dann immer noch schicken.“

„Nun gut“, gab der Vater schließlich nach. „Aber fasst euch kurz.“

„Also“, begann Fabia. „Einen Tag nach eurer Abreise kam eine Botschaft für dich an. Da wir vermuteten, dass sie äußerst wichtig sein könnte, haben wir das Siegel gebrochen.“

„Ihr habt was?“, rief der Vater.

„Das Siegel gebrochen." Fabia wagte nicht, ihrem Vater in die Augen zu sehen.

„Das ist ja unerhört!"

„Lass sie weitererzählen." Petronia legte ihrem Mann beruhigend die Hand auf den Arm.

Fabia fuhr fort. Sie berichtete von der Verabredung am Brunnen, zu der sie zu spät kamen, und von Giton in der Subura.

Die Mutter fächelte sich mit ihrem Fächer aufgeregt Luft zu. Das Gesicht des Vaters wurde immer röter. Als Fabia erzählte, wie sie und Titus sich als Sklaven verkleidet in das Haus der Calpurnia geschmuggelt hatten, konnte er nicht mehr an sich halten.

„Schweig!", brüllte er so laut, dass den Detektiven die Haare zu Berge standen. „Ich will kein Wort mehr von diesen Lügenmärchen hören."

„Vater", fiel ihm Titus ins Wort. „Es ist wirklich alles wahr."

„Ja", bestätigte Rufus. „Die Skorpione schlagen heute Nacht zu."

In diesem Augenblick kam Apion mit einer Holzschatulle in der Hand in das Atrium geschlurft. „Ein Geschenk für die jungen Herrschaften."

„Ein Geschenk?" Fabias düsterer Blick hellte sich

auf. Sie wollte nach der Schachtel greifen, doch der Vater kam ihr zuvor.

„Halt, junges Fräulein“, sagte er und öffnete den Deckel der Schatulle. Etwas plumpste zu Boden. Danach geschah alles ganz schnell. Die Mutter schrie. Der Vater fluchte. Fabia klammerte sich an ihren Bruder. Plotia, die Sklavin, kletterte auf einen Hocker und brach in hysterische Schreikrämpfe aus.

Auf dem Boden lief ein riesiger Skorpion blitzschnell hin und her. Seinen Schwanz mit dem giftigen Stachel hatte er kampfbereit erhoben.

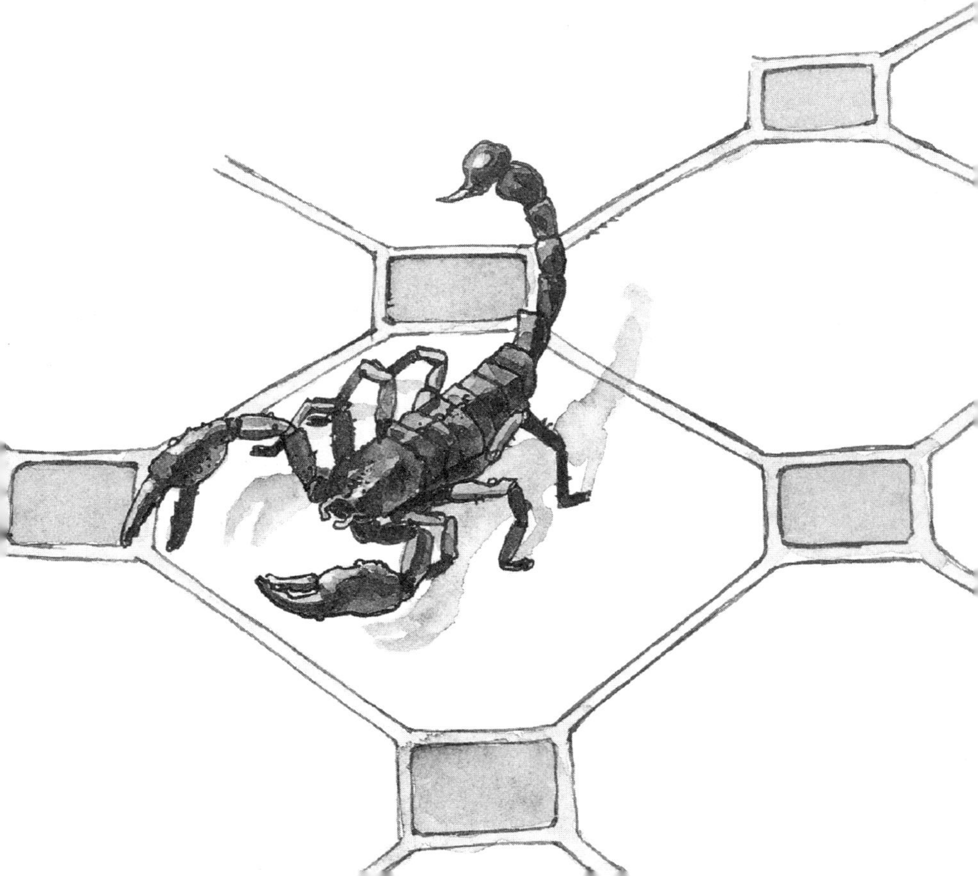

„So tu doch was, Fabius“, kreischte Petronia mit schriller Stimme.

„Die Vase“, kam Onkel Primus’ ruhige Stimme vom Tablinum her. Er stand, auf Krücken gestützt, im Türrahmen und schien der Einzige zu sein, der Ruhe bewahrte. „Ja, Corax, die Vase dort ist perfekt. Und jetzt stülpe sie schnell über das Tier.“

Der erste Versuch klappte nicht, und der Skorpion schien nur noch wilder auf dem Boden hin und her zu rasen. Doch dann gelang es Corax endlich, ihn mit der Vase zu fangen. Alle atmeten erleichtert auf. Fabia lief durch das Atrium und fiel Onkel Primus um den Hals.

„Vorsicht, meine Kleine“, lachte er und konnte sich gerade noch halten. „Was ich allerdings schon gerne wissen würde, ist, wieso du plötzlich so ein reges Interesse für Skorpione hegst und warum kurz darauf ein afrikanischer Riesenskorpion hier in der Villa auftaucht. Ein höchst merkwürdiger Zufall. Meinst du nicht auch?“

„Genau das versuchen wir gerade Vater zu erklären, doch der glaubt uns kein Wort.“ Geduldig berichtete sie nochmals das ganze Abenteuer von Anfang an.

Da sah Titus einen Zettel auf dem Boden liegen,

der wohl zusammen mit dem Skorpion aus der Holzkiste gefallen war. In der Aufregung hatte ihn niemand bemerkt. Er hob ihn auf, überflog die Nachricht und reichte sie wortlos dem Vater.

„Lasst das Schnüffeln sein. Skorpione können töten!", las der Vater laut vor, und sein Gesicht wurde ernst. „Corax, du gehst mit mir zur Wache, um die Ädilen zu alarmieren. Calpurnia Felix und ihre Komplizen müssen schnellstens verhaftet werden. Um ganz sicherzugehen, sollten wir gleichzeitig die kaiserliche Garde informieren, damit sie bewaffnete Truppen zum Forum Boarium schicken. Der Kloakenausgang dort muss sofort polizeilich überwacht werden. Der Kaiser hat schon seine Legionen in Germanien verloren, da dürfen wir auf keinen Fall auch noch den Verlust der Gehälter riskieren."

Bevor er zur Haustür hinausging, drehte er sich nochmals um. „Titus und Fabia, eure Strafe ist nicht aufgehoben. Geht in eure Zimmer, und, Plotia, sag dem Koch, dass es ab heute eine Woche lang nur Wasser und Brot für die beiden gibt." Dann fiel die Tür ins Schloss.

„Und wenn euer Vater merkt, dass ihr heimlich aus dem Haus geschlichen seid?", fragte Rufus besorgt,

als die drei Detektive kurze Zeit später Richtung Viehmarkt hasteten.

„Onkel Primus wird sich sicher für uns einsetzen", meinte Fabia. „Außerdem ist es das Risiko wert. Wir müssen doch sehen, wie die Skorpione in die Falle gehen."

Die drei rannten die breite Straße, die in einer Talsenke zwischen den Hügeln vom Forum zum Tiber hinabführte, entlang.

„Dort, das muss der Portunustempel sein." Titus deutete auf einen Bau, dessen weiße Säulen das Mondlicht reflektierten.

„Ich habe eine Idee", schlug Rufus vor und deute-

te zum Ufer des Flusses. „Die Skorpione wollen doch das Geld aus der Kloake schmuggeln. Die Kanalisation mündet genau dort unten in den Tiber. Wie wäre es, wenn wir da auf die Verbrecher und die kaiserliche Garde warten?“

„Ausgezeichnete Idee!“

Kurz darauf kauerten die Detektive im Schatten der Marmorstufen, die zum Ufer führten. Von hier bot sich ein hervorragender Blick auf den Pier und den Ausgang der Kloake.

„Und was ist, wenn die Polizei Vater und Corax doch nicht glaubt?“, zweifelte Fabia.

„Psst!“ Titus deutete auf den Pier.

Aus der Kloake tauchte ein kleines Boot auf, das auf einen Lastkahn zuruderte. Im selben Augenblick stürzten Männer aus den Arkaden der Lagerhalle neben dem Pier hervor. Sie waren bewaffnet, ihre Dolche blitzten im Mondlicht. Die Männer im kleinen Ruderboot steuerten eilig auf die Flussmitte zu. Da löste sich eine Barke vom Ufer und schoss blitzartig auf das kleine Boot zu. Es dauerte nicht lange, und die Verbrecher waren überwältigt und die Truhe mit den Gehältern sichergestellt.

„Und hiermit ist der Fall ‚Skorpion' abgeschlossen", stellte Titus auf dem Heimweg stolz fest. „Ohne uns hätte der Kaiser nicht nur seine Legionen, sondern auch noch deren Gehälter verloren."

„Wenn ihr mich fragt", flüsterte Fabia geheimnisvoll, „ist das noch nicht das Ende der Geschichte. Zwar sitzt die Anführerin der Bande hinter Gittern, doch wer weiß, wie viele Skorpione sich noch frei in Rom herumtreiben."

„Gut möglich", grinste Rufus. „An eurer Stelle würde ich mich allerdings sputen. Sonst wird es euch nicht besser als Calpurnia ergehen: Zimmerarrest mit Wasser und Brot, nicht nur für eine, sondern für viele Wochen."

Lösungen

Eine geheimnisvolle Nachricht

AEUSSERSTE ALARMSTUFE – HABE WICHTIGE NACHRICHT – WENN SIE MEHR WISSEN WOLLEN, DANN KOMMEN SIE MORGEN ZUR 6. TAGESSTUNDE AN DEN BRUNNEN IN DER STRASSE DER SCHUSTER – HUETEN SIE SICH VOR SKORPIONEN.

Die Straße der Schuster

Giton, der Steinmetz, der im Mietshaus des Antonius lebt, weiß mehr über Skorpione.

Auf heißer Spur

Nur der Bote kann wissen, dass Titus' Vater Quintus Fabius Clemens ist.

Gefährliches Pflaster

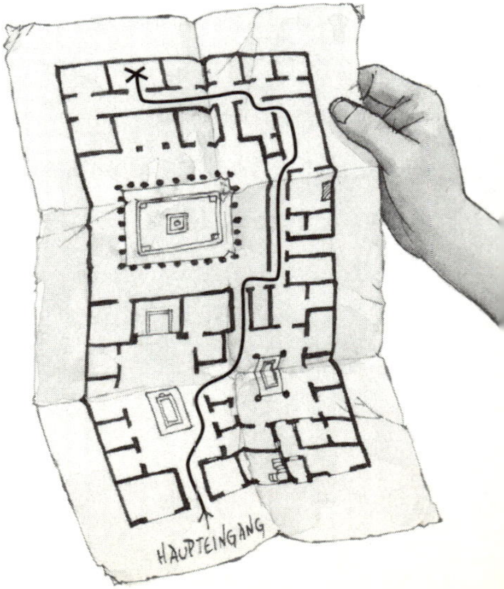

Rufus hat eine Idee
Calpurnia Felix liegt auf der mittleren Liege und hält einen Becher in beiden Händen.

In der Villa gefangen
Rufus muss den Schlüssel nach rechts drehen.

Überraschung im Tabularium
Der Sekretär im Tabularium hat einen tätowierten Skorpion am Knöchel.

Überall Skorpione
Die Wortabstände wurden verschoben:
Verehrteste Calpurnia, Rotznasen sind hinter unseren Plan gekommen. Können jedoch nichts gegen uns ausrichten. Werde ihnen eine Lektion erteilen, die sie nicht so schnell vergessen werden. Skorpione schlagen wie geplant zur fünften Stunde der Nacht zu. Dein Marius

Glossar

Ädil: römischer Staatsbeamter, der für die öffentliche Ordnung zu sorgen hatte

Agrippa M. Vipsanius (63–12 v. Chr.): römischer Feldherr

Argiletum: Straße in Rom, die vom Forum Romanum abzweigte

Arminius (18 v. Chr.–19 n. Chr.): germanischer Fürst, der im Dienste der Römer stand

Ass: römische Kupfermünze

Atrium: Innenhof einer römischen Villa, in dessen Mitte sich ein Wasserbecken befand

Augustus (63 v. Chr.–14 n. Chr.): römischer Kaiser, dessen bürgerlicher Name Gaius Octavianus lautete. Seine Regierungszeit (27 v. Chr.–14 n. Chr.) gilt als die Blüte des römischen Kaiserreiches. Rom verdankt ihm zahlreiche Kulturdenkmäler. Man sagt, Augustus habe eine Stadt aus Backsteinen vorgefunden und eine Stadt aus Marmor hinterlassen.

Buchrolle: römisches Buch, das aus einem langen Papierstreifen bestand, der um einen Stab aufgerollt wurde

Caldarium: Heißluftraum in den römischen Thermen. Hier reinigten die Badegäste sich mit Öl und Strigil.

Catull (um 84 v. Chr.–um 54 n. Chr.): römischer Dichter, für seine Liebeslieder und satirischen Verse bekannt

Cloaca Maxima: Kanalisation der Stadt Rom

Falernerwein: beliebte römische Weinsorte

Forum: Marktplatz. Hier wurden Geschäfte abgeschlossen, Politik gemacht, gehandelt, letzte Nachrichten ausgetauscht. In Rom gab es mehrere solcher Foren.

Forum Boarium: Viehmarkt in Rom

Forum Romanum: das älteste und wichtigste Forum Roms, auf dem sich das politische und religiöse Leben der Stadt abspielte

Gladiator: Schwertfechter, der im Amphitheater zum Zweikampf antrat

Homer (ca. 8. Jahrhundert v. Chr.): griechischer Dichter, der die Ilias und die Odyssee verfasste, beides Werke, die für die Römer Klassiker waren

Horaz (65 v. Chr.–8 v. Chr.): römischer Dichter, für seine Oden und Satiren bekannt

Insula: bis zu sechs Stockwerke hohe Häuser, in denen die Mehrzahl der Bevölkerung Roms lebte. Im Parterre öffneten sich meist Läden zur Straße hin. Je höher eine Wohnung lag, umso niedriger war die Miete. In Rom gab es mehr als 40 000 solcher Wohnblöcke.

Jupitertempel: einer der ältesten Tempel Roms, liegt auf dem Capitol

Jupiter: der höchste römische Gott

Legion: Truppeneinheit des römischen Heeres

Ovid (43 v. Chr.–17 n. Chr.): bekannt für seine Liebesgedichte und Metamorphosen

Palatin: einer der sieben Hügel Roms. Auf dem Palatin befindet sich u. a. der Kaiserpalast.

Palla: faltenreicher Umhang, den römische Frauen über ihrer Stola trugen. Oft zogen sie einen Zipfel davon wie ein Tuch über den Kopf.

Papyrus: Papier, das aus dem Mark der Papyrusstaude hergestellt wurde. Es stammte aus Ägypten.

Patrizier: reiche Bürger der Oberschicht, die Adelsfamilien entstammten

Peristyl: überdachter Säulengang einer römischen Villa, der einen Garten einschließt

Plato (427 v. Chr.–347 v. Chr.): griechischer Philosoph, dessen Werke besonders beliebt waren

Plautus (ca. 250 v. Chr.–184 v. Chr.): römischer Dichter, der für seine Komödien bekannt ist

Plebejer: Masse der freien römischen Bürger

Quästor: Hilfsbeamter des Konsul. Quästoren verwalteten u. a. die Staatskasse. Oft mussten sie Streitfälle schlichten.

Quirinal: einer der sieben Hügel Roms

Römisches Weltreich: Herrschaftsgebiet der Römer, welches sich zur Zeit des Kaiser Augustus von Afrika bis Nordengland, von Spanien bis nach Persien erstreckte.

Rostra: Rednertribüne auf dem Forum Romanum

Sänfte: ein Sessel, der von Sklaven getragen wird

Senator: adeliger Patrizier, der Mitglied des römischen Senats war

Sesterz: römische Messingmünze

Sklaven: unfreie Menschen, die wie jedes andere Eigentum ge- und verkauft werden konnten. Sklaven verrichteten alle Arbeiten im Haushalt eines reichen Römers.

Stilus: Griffel aus Holz, Bronze, Knochen oder Elfenbein, mit dem man Buchstaben in eine Wachstafel ritzte

Stola: hemdartige Kleidung der Frauen mit halblangen Ärmeln, die in der Taille gegürtet wurde

Strigil: sichelförmiges Instrument aus Bronze zum Reinigen des Körpers. Nachdem man die Haut eingeölt hatte, kratzte man damit Öl und Schmutz ab.

Subura: Stadtteil Roms, in dem die ärmeren Römer wohnten

Tabularium: Staatsarchiv am Fuße des Capitols

Taverne: römisches Wirtshaus

Tepidarium: lauwarmer Raum im römischen Bad

Thermen: öffentliche römische Bäder

Toga: lange Stoffbahnen, die Männer über ihre Tunika um den Körper schlangen

Triclinium: Speisezimmer in einer römischen Villa

Tunika: knie- oder knöchellanges Hemd, das Männer, Kinder und Sklaven trugen. Bürger und reiche Jungen warfen zum Ausgehen und zu feierlichen Anlässen eine Toga über die Tunika.

Varus P. Quintilius: römischer Feldherr, der den römischen Truppen in Germanien vorstand

Vergil (70 v. Chr–19 v. Chr.): einer der größten Dichter Roms. Sein Hauptwerk, die Aeneis, galt für römische Schulkinder als Pflichtlektüre.

Via Appia: Straße, die von Rom in den Süden führte

Villa: Haus eines reichen Römers

Wachstafel: Holztafel, die mit einer dünnen Wachsschicht überzogen war. Mit einem Stilus kratzte man Buchstaben ins Wachs.

Zeittafel

63 v. Chr.	Geburt Octavians, des späteren Kaiser Augustus
44 v. Chr.	Ermordung Cäsars
43 v. Chr.	Octavian, Marcus Antonius und Marcus Lepidus bilden ein Triumvirat.
42 v. Chr.	Schlacht bei Philippi, Triumvirat besiegt römische Republik.
40 v. Chr.	Octavian und Marcus Antonius teilen sich das Römische Reich.
40–31 v. Chr.	Spannungen zwischen Octavian und Marcus Antonius verstärken sich.
37 v. Chr.	Marcus Antonius heiratet Kleopatra.
33 v. Chr.	Octavian und Marcus Antonius kämpfen um Machtstellung. Marcus Agrippa ist Ädil, er repariert und erweitert die Kanalisation Roms und errichtet zahlreiche neue Bauwerke.
32 v. Chr.	Octavian erklärt Marcus Antonius und Kleopatra den Krieg.
31 v. Chr.	Octavian besiegt Marcus Antonius.
30 v. Chr.	Marcus Antonius und Kleopatra begehen Selbstmord. Octavian erklärt Ägypten zur römischen Provinz.
28 v. Chr.	Octavian renoviert 82 Tempel der Stadt Rom.

27 v. Chr.	Ende der römischen Bürgerkriege. Octavian wird zum ersten Kaiser des Römischen Reiches ernannt. Er ändert seinen Namen in Kaiser Augustus.
19 v. Chr.	erstmalige Veröffentlichung von Vergils Aeneis
15 v. Chr.	Römisches Reich dehnt sich bis zur Donau aus.
11 v. Chr.	Augustus weiht das Marcellus-Theater ein.
8 n. Chr.	Dichter Ovid wird ans Schwarze Meer verbannt.
9 n. Chr.	Varus-Schlacht (Schlacht im Teutoburger Wald)
14 n. Chr.	Kaiser Augustus stirbt, sein Nachfolger wird Kaiser Tiberius. Meuterei der römischen Legionen an Rhein und Donau.

Das Leben im römischen Kaiserreich

Öffentliche Bäder

In Rom gab es zahlreiche öffentliche Bäder, deren Besuch nicht nur der Reinlichkeit diente, sondern in erster Linie ein geselliges Vergnügen darstellte. Während man seinen Körper pflegte, schloss man Geschäfte ab, unterhielt sich, hörte Dichterlesungen zu oder trieb Sport.

Im Bad gab es verschiedene Räume. Zunächst ging man ins Dampfbad. Wenn man dort ausgiebig geschwitzt hatte, zog man weiter ins Caldarium. In diesem Heißluftraum ließ man sich von seinem Sklaven einölen und mit einem Strigil den Schmutz von der Haut abschaben. Vom heißen Caldarium ging man in einen lauwarmen Raum, dem Tepidarium, wo man seinen Körper langsam wieder abkühlte. Zum Abschluss konnte man sich im Frigidarium ins eiskalte Wasser stürzen und einige Bahnen schwimmen.

Männer und Frauen badeten meist zu verschiedenen Tageszeiten oder in nach Geschlechtern getrennten Thermen.

Der Besuch der öffentlichen Badeanstalten war nicht nur den Reichen vorbehalten, da der Eintritt gering war oder wie im Agrippa-Bad sogar kostenlos.

Das Schulwesen

Im Alter von 7 bis 11 Jahren besuchten Jungen und Mädchen gemeinsam die Elementarschule. Als Unterrichtsraum mietete der Lehrer dazu einen zentral gelegenen Raum. Meist war es ein Laden, der zur Straße hin offen war. In manchen Schulen wurden die Schüler sogar direkt auf dem Gehsteig unterrichtet, nur von einem Vorhang vom Treiben auf der Straße abgeschirmt. Die Klassen waren klein und bestanden aus durchschnittlich zwölf Kindern unterschiedlichen Alters. Der Unterricht dauerte, mit einer Pause zur Mittagszeit, oft bis zum späten Nachmittag. Alle acht Tage, an den Nondien, gab es einen freien Tag, und die großen Ferien dauerten von Ende Juli bis Mitte Oktober. Tische gab es keine. Die Schüler hielten ihre Tafeln auf den Knien. Manche reichen Eltern ließen die Kinder zu Hause von einem Privatlehrer unterrichten.

Im Alter von 12 bis 14 Jahren besuchten Jungen die Literaturschule. Dort lernten sie Griechisch, römische und griechische Geschichte und Mythologie, Geografie, Mathematik, Astronomie und Philosophie. Daran anschließend wurden junge Römer in der Rhetorikschule weiter ausgebildet.

Für Mädchen war es bereits nach der Elementarschule im Alter von 12 Jahren mit der Schule vorbei. Sie wurden zu Hause von ihrer Mutter auf häusliche Pflichten vorbereitet. Vor der römischen Kaiserzeit durften sie nicht einmal die Elementarschule besuchen. Bildung war damals nur den Jungen vorbehalten.

Die Schlacht am Teutoburger Wald

Zur Zeit des Kaiser Augustus hatten die Römer das Gebiet südlich der Donau und westlich des Rheins unter ihre Herrschaft gebracht. Die germanischen Stämme jenseits der Donau und des Rheins bildeten allerdings ein großes Problem, denn sie überfielen immer wieder die römischen Truppen westlich des Rheins. Den römischen Truppen gelang es schließlich, bis zur Elbe vorzudringen, und es sah fast so aus, als würde dieser Fluss zur Ostgrenze des Reiches.

Zu dieser Zeit war der römische Feldherr und Gouverneur Varus Quintilius der Oberbefehlshaber der am Rhein stationierten Legionen. Er hatte sich mit Arminius, einem germanischen Fürsten, der unter den Römern diente, befreundet. Als Nachrichten ankamen, dass in Germanien Unruhen aufgekommen seien, ließ sich Varus von Arminius überreden, mit ihm dort hinzuziehen, um die Aufstände zu schlichten. Varus und seine Legionen fühlten sich im Feindesland sicher, denn Arminius galt als Freund und Beschützer. Selbst als dieser und seine Männer im dichten Wald verschwanden, zogen die Römer ahnungslos weiter. Doch der Cheruskerfürst hatte sie in einen Hinterhalt gelockt. Es begann zu regnen, und die Römer verirrten sich im unwegsamen Gelände. Dann griffen völlig unerwartet die Cherusker an.

Drei römische Legionen wurden an diesem verhängnisvollen Tag dem Erdboden gleichgemacht. Ein schwerer Schlag für die Römer, die in den folgenden Jahren zwar noch einige kleinere Feldzüge gegen die Germanen ausführten, doch keine weiteren Versuche, um das Land jenseits der Flüsse zu erobern, unternahmen. Rhein und Donau blieben die Reichsgrenzen.

Rom zur Zeit von Kaiser Augustus

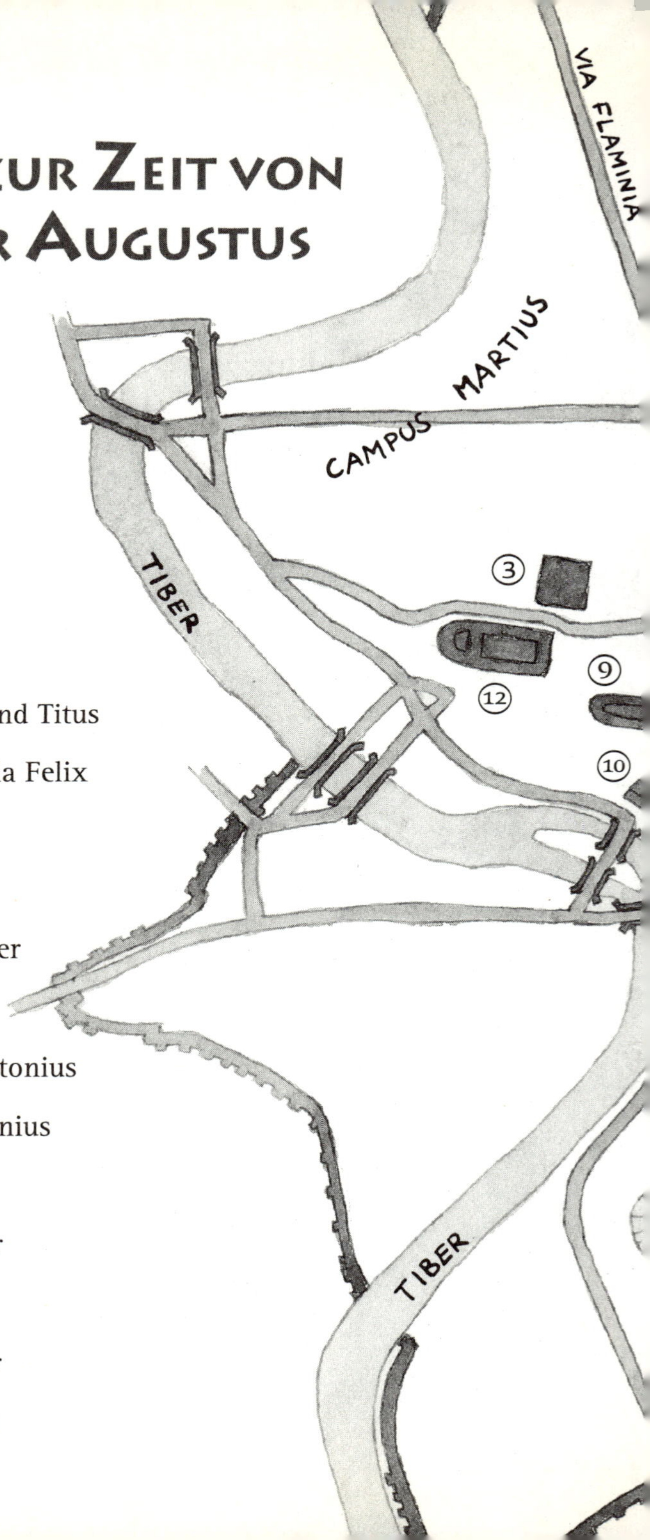

1. Villa von Fabia und Titus
2. Villa der Calpurnia Felix
3. Agrippa-Bad
4. Forum Boarium
5. Straße der Schuster
6. Portunustempel
7. Mietshaus des Antonius
8. Schule des Scribonius
9. Circus Flaminius
10. Marcellus-Theater
11. Circus Maximus
12. Pompeius-Theater
13. Forum Romanum

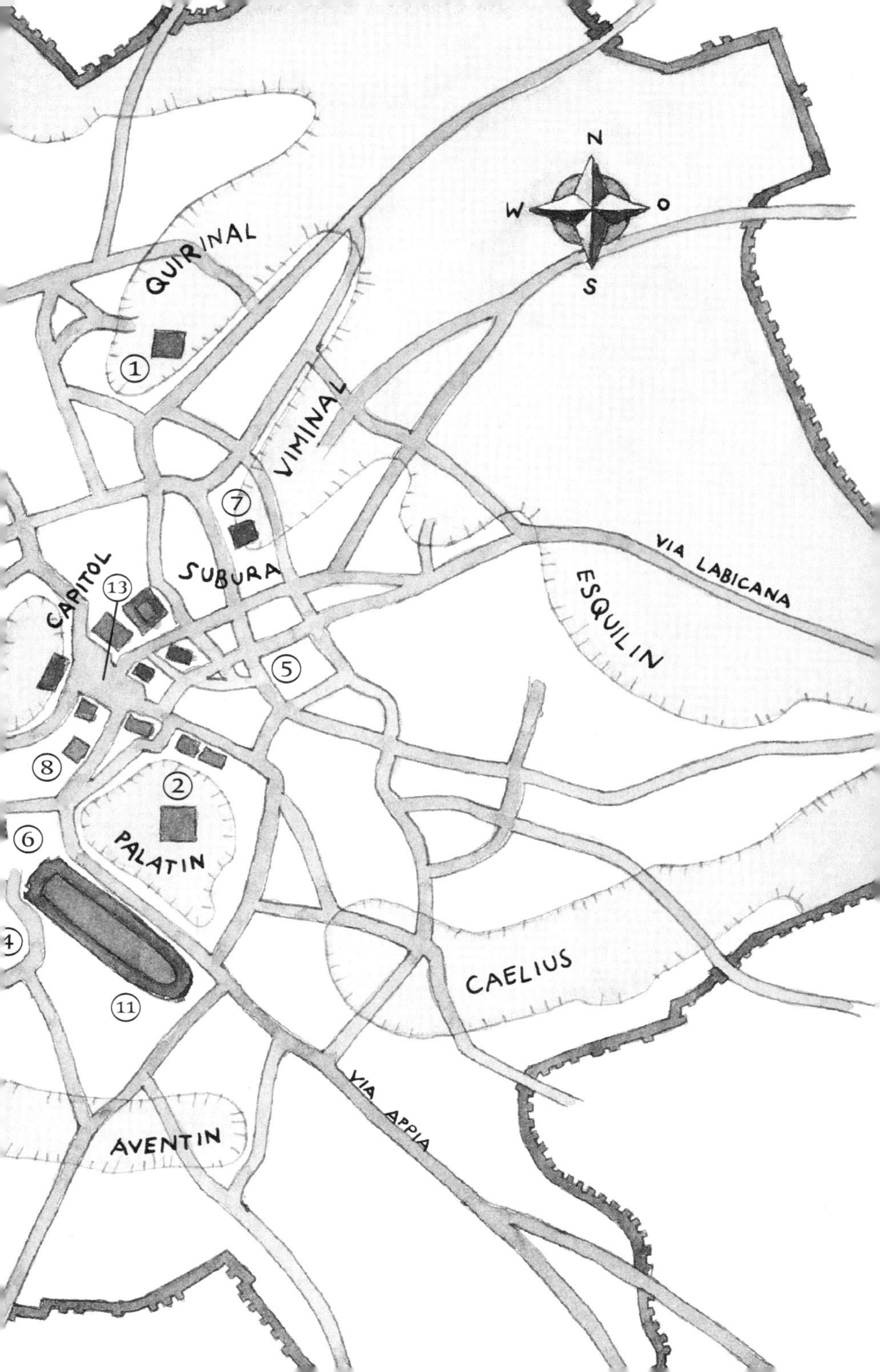
N
W
O
S
QUIRINAL
1
VIMINAL
7
SUBURA
CAPITOL
13
VIA LABICANA
ESQUILIN
5
8
2
6
PALATIN
4
11
CAELIUS
VIA APPIA
AVENTIN

Fabian Lenk wurde 1963 in Salzgitter geboren. Der Musik-, Brettspiele- und Fußball-Fan studierte in München Diplom-Journalistik und Politik und ist heute als Redakteur tätig. Er hat seit 1996 sechs Kriminalromane für Erwachsene veröffentlicht, schreibt aber besonders gern für Kinder und Jugendliche. Fabian Lenk lebt mit seiner Familie in Norddeutschland.

Renée Holler, Jahrgang 1956, studierte Ethnologie und arbeitete zunächst als Buchherstellerin, bevor sie auf Reisen rund um die Welt ging. Seit 1992 lebt sie mit ihrem Mann und ihren zwei Kindern in England, wo sie schreibt und übersetzt.

Anne Wöstheinrich, geboren 1969, studierte Grafik-Design in Münster. Schon als Kind hat sie sich die Zeit mit Bildern vertrieben. Heute illustriert sie Kinder-, Jugend- und Schulbücher. Ihre beiden Töchter liefern ihr dafür viele Einfälle und Ideen.

Daniel Sohr, Jahrgang 1973, wurde in Tübingen geboren. Aus einer Künstlerfamilie stammend, hat er schon als Kind die Stifte seiner Mutter dazu benutzt, eigene Bilder zu malen. Heute ist das Skizzenbuch sein ständiger Begleiter, damit er auch unterwegs keine seiner Ideen vergisst.